선
택

선택

이문열 장편소설

RHK
알에이치코리아

제1부

비구름 걷힌 뒤의 달을 보며

007

제2부

자미화(紫微花) 그늘 아래서

077

제3부

현빈(玄牝)의 꿈

163

제4부

지는 해를 바라보며

219

작가의 말

248

제1부

비구름 걷힌 뒤의
달을 보며

세상의 슬픈 딸들에게

나는 조선 왕조 선조 연간에 태어나 숙종 연간에 이 세상을 떠난 한 이름없는 여인의 넋이다. 이 세상에서 나를 특정하는 유일한 기호는 아버지의 핏줄을 드러내는 장(張)이라는 성씨와 훌륭한 아들을 기려 나라에서 내린 정부인(貞夫人)이란 봉작(封爵)뿐이다. 그나마 그 둘을 결합해서야 겨우 딸이거나 아내거나 어머니거나 며느리 또는 할머니라는 여인 보편의 이름에서 나를 특정해 낼 수 있다.

나를 수백 년 세월의 어둠과 무위 속에서 불러낸 것은 너희 이 시대를 살아가는 웅녀(熊女)의 슬픈 딸들이었다. 너희 성난 외침과 괴로운 부르짖음이 나를 영겁의 잠에서 깨웠고 삶을 덧없어하는 한숨과 그 속절없음에 쏟는 넋두리가 이제는 기억에서 아련해진 내 한 살이[生]를 돌아보게 하였다. 고단하고 성가실 때도 있었지만 아쉬움 없고 뉘우침 없는 이 땅에서의 내 팔십 년을, 그 숱한 크고 작은 선택들을.

내가 듣기에 너희 성난 외침은 크게 두 갈래로 쏟아지고 있는 듯하다. 한 갈래는 남성들의 질서로 조직된 세계에 대한 항의이고 다른 한 갈래는 이제부터라도 그 불합리에 저항하자는 너희 서로 간의 고무와 격려이다.

오랜 세월 너희는 틀림없이 억압받았고 착취당했고 능욕당해 왔다. 원시 상태에서 물리적인 힘의 우월을 배경으로 자라온 그같은 남성 우위의 사회 구조와 의식에 대해 너희가 성낼 만도 하다. 또 예속과 굴종이 오랜 습성이 된 너희에게는 그 명백한 불합리에 저항하는 데도 예사 아닌 각성과 용기가 필요하다. 생산에서든 자기 방어에서든 물리적인 힘의 우월이 예전처럼 중요하지 않게 된 시대에 이르러서도 의연히 옛 질서를 고집하는 남성들에게 효과적인 저항을 하기 위해 너희는 반드시 서로 고무하고 격려받아야 한다.

그렇지만 그 항의가 뒤틀린 이로(理路)에서 비롯되거나 개인적인 원한에 바탕한 표독스런 저주와 악담처럼 들릴 때는 걱정스럽다. 너희간의 고무와 격려도 남성을 상대로 한 무한 투쟁의 선동 또는 아직 확실하지도 않은 자유와 성취를 화려하게 분식한 무책임한 유혹처럼 들릴 때는 역시 그렇다.

세상에 여자만의 문제란 없거나 지극히 적다. 여성이란 말이 의미를 가지는 것은 남성이 있어서이고 따라서 여성의 문제란 언제나 남성과 관련된 문제를 뜻한다. 그런데 상대인 남성을 적대 개념으로 다루고 방법을 투쟁만으로 일관한다면 너희 선택의 폭은 너무 좁고 비극적이 된다. 곧 이겨서 포악한 상대를 온전히 제압하거나 저서 이전보다 더 엄혹한 예속과 굴종 속에 떨어지는 길밖에 없다. 더 있다면 남녀의 철저한 결별로 인류사의 진행이 중단되는 것 정도일까.

너희가 가장 못 견뎌하는 것으로 보이는 도덕적인 불성실과 이기, 그리고 정신적인 나태는 남성만의 약점이 아니다. 거기서 연유된 단정치 못한 성적 행실, 참기 힘든 이기적이고 무리한 요구들, 그리고 상대에 대한 무성의도 그렇다. 곰곰이 따져보면 기회와 여건의 차이일 뿐 너희들도 그 약점을 나누어 가졌고 그래서 너희들 불화는 남성과 여성의 문제가 아니라 인간의 문제가 된다. 정도의 차이를 본질의 차이로 몰아대지 말아라. 드러나지 않았다고 해서 너희 약점은 부인하고 오직 남성만을 단죄하는 일이 없도록 하여라.

　하지만 진실로 걱정스러운 일은 요즘 들어 부쩍 높아진 목소리로 너희를 충동하고 유혹하는 수상쩍은 외침들이다. 그들은 이혼의 경력을 무슨 훈장처럼 가슴에 걸고 남성들의 위선과 이기와 폭력성과 권위주의를 폭로하고 그들과 싸운 자신의 무용담을 늘어놓는다. 이혼은 '절반의 성공'쯤으로 정의되고 간음은 '황홀한 반란'으로 미화된다. 그리고 자못 비장하게 '무소의 뿔처럼 혼자서 가라'고 외친다. 어쨌거나 굳세고 용기 있는 여인들이지만 그들을 시대의 선구자로 인정하기에는 왠지 망설여진다.

　듣기로 종교 집단 초기의 전도열(傳道熱)처럼 추악한 불치병에 걸린 사람들에게도 나름의 전파열(傳播熱)이 있다고 한다. 어떤 사람들은 그걸 불특정 다수를 향한 복수감으로 해석하기도 하지만 냉정히 따져보면 이기적이긴 해도 당연한 다수 확보의 욕구라는 편이 옳다. 나병 환자가 성한 사람들보다 더 많은 사회는 나병 환자들을 우선적으로 고려한 제도를 가질 것이고 후천성면역결핍증 환자가 더 많은 사회는 또 그들 다수의 편의를 위주로 조직될 것이다.

　나는 너희 시대의 선구자들이 모두 그 같은 이기적인 전파열에 빠져 있다고는 감히 말하지 않는다. 그렇지만 그들 중 어떤 이들의 열정에서는 다분히 그런 전파열의 혐의가 간다. 더 많은 여인들을 자신의 길로 끌어들임으로써 소수의 서러움과 불리에서 헤어나고자 하는.

있지도 않는 이상(理想)의 남성상을 만들어 놓고 그걸 기준으로 이 세상의 남자들을 난도질하는 이들을 보면 그런 의심을 지울 수가 없다. 그러기 위해서는 자신도 거기에 걸맞는 이상의 여인이 되어야 하건만 그걸 위해 노력할 의사도 성의도 없이 남성에게 요구만 하는 그런 이들의 파탄은 불 보듯 뻔하다. 그리하여 실제는 남성에게 외면당해 놓고도 자신이 용감하게 결별했다고 우기면서 명백한 자신의 부주의와 무성의와 나태마저 오로지 남성만의 악덕으로 전가해 버린다.

하지만 다행히도 그런 여인들은 아직 소수이다. 세상에는 상대방에게 요구하는 만큼이나 자신도 이상에 근접시키려고 노력하는 여성이 여전히 다수이다. 점점 줄고 있기는 하지만 그래도 자기가 이룩한 것만큼만 남성들에게 요구하는 소박하고 겸손한 여인들이 아직은 더 많다.

그 바람에 증폭된 자기 방어의 본능은 소수 쪽의 전파열을 더욱 뜨겁게 달군다. 소수의 서러움과 불리에서 벗어나기 위해 그녀들의 목소리는 더 높아지고 거세어질 수밖에 없다. 그녀들은 더 많은 동성(同性)들을 자신들의 깃발 아래로 불러모아 다수를 확보함으로써 자신들을 변호하고 정당화시키려 한다. 그러나 진실이 아니라 힘에 의지하려 한다는 점에서 기실 그것은 남성들의 오랜 악덕이던 폭력성의 한 변형일 뿐이다.

도덕적인 부패 혹은 윤리의 착종(錯綜)도 이 시대를 시끄럽게 하는 이기적 전파열의 한 근원이 된다. 인간만의 미덕이던 여러 도덕적 윤리적 원리들은 근년 들어 턱없이 팽창한 이기(利己)에 심각한 위협을 받고 있다. 귀찮으면 낡은 시대의 억압이 되고 지키기에 힘이 들면 기성세대의 위선이나 독선이 된다. 특히 여성 해방과 성적인 방종은 어디서나 단단히 혼동되고 있다.

그렇지만 여기서도 부패와 착종은 다행히 아직도 소수의 일이다. 귀찮고 힘들어도 다수는 여전히 지금껏 우리를 이끌어온 원리들을 존중하거나 적어도 외경(畏敬)은 품는다. 상대인 남성 쪽의 반응도 아직은 불리하다. 특히 여성 해방과 성적인 방종을 혼동하는 논리에 박수를 보내는 남성은 아첨으로밖에는 여성의 호감을 살 길이 없는 못난이나 그런 여성이 많아야만 한몫 볼 수 있는 바람둥이뿐이다.

따라서 이미 부패와 착종의 길로 깊숙이 들어버린 이들에게 다수의 확보는 절실하고도 시급한 과제가 된다. 어차피 남성과 무관하게 살 수는 없다는 점에서 성윤리(性倫理)의 부패와 착종은 특히 그러하다. 알게 모르게 나타나는 사회의 경계와 차별도 괴롭지만 자기도 모르는 사이에 좁아져 버린 남성 선택의 폭도 그들

소수의 일탈자들에게는 견뎌내기 어려운 불리일 것이다. 아침밖에는 쓸모가 없는 못난이나 무책임한 바람둥이의 성적 노리개로 젊음을 탕진하다가 쓸쓸하고 고달프게 삶을 마감하지 않기 위해서도 좀 더 많은 동성들을 부패와 착종으로 끌어들이지 않을 수가 없다.

불성실이든 나태이든 또는 도덕적 부패이든 윤리적 착종이든 그들 나름의 논리는 있을 것이다. 하지만 그렇다 쳐도 선택과 감염은 다르다. 비록 그게 천형(天刑)이라 할지라도 스스로 선택한 결과라면 기쁘게 견딜 수 있다. 그러나 감염으로 얻은 것이라면 사소한 병이라도 엄청난 고통과 슬픔의 원인이 된다. 현혹은 정신적인 감염의 딴이름이다. 온당치 못한 외침들에 현혹되어 너희 시대가 오히려 불행해질까 나는 두렵다.

너희 괴로운 부르짖음도 내게는 성난 외침만큼이나 걱정스럽다. 내가 살았던 시대와 견줄 수는 없지만 지금 너희 몸은 그 어느 때보다 배부르고 따뜻하며 너희 주거는 안락하다. 문명의 여러 이기(利器)들은 옛적 수십 명의 노비가 하던 일을 대신해 주고 발달한 사회 제도는 미래까지도 일부 보장해 준다. 거기다가 대가족의 중압도 없고 남존여비(男尊女卑)에서 오는 차별도 거의 철폐되었다. 그런데도 너희 괴로운 부르짖음이 지금처럼 이 땅에 높게 울려퍼진 적은 일찍이 없었다.

진정으로 괴로운 사람에게는 비명도 신음도 겨를이 없다. 괴로움을 견딜 만하면서도 그것을 내세워 얻고자 하는 무엇이 있을 때 비명과 신음소리는 높아진다. 내가 너희 괴로운 부르짖음을 애처로워하면서도 걱정하는 것은 거기서 진하게 풍기는 과장의 혐의 때문이다.

오랜 세월 너희는 남성의 짐이 과장됨으로써 생긴 부당함을 겪어왔다. 가족을 부양하기 위한 그들 몸의 수고로움이 과장되어 폭력적 지배의 근거를 이루었고 그 마음의 괴로움은 불합리한 가부장적(家父長的) 권위의 원천이 되었다. 원래 너희와 똑같이 나누어야 할 세상의 지분이 남성에게 지나치게 넘어간 것은 바로 그 과정에서 비롯되었다.

설령 마땅히 되찾아야 할 것을 되찾기 위한 것이라 할지라도 턱없는 과장은 좋지 않다. 그것은 논의의 진실성을 해치며 때에 따라서는 반대의 효과를 가져올 수도 있다. 너희가 괴로워하는 짐은 많은 경우 너희만의 짐이 아니다. 사람으로 태어나 지게 된 짐이며 남성들도 함께 지고 있다. 또 출산처럼 어떤 짐은 아무리 피하려 해도 피할 수 없는 것도 있다. 다 같이 져야 하는 짐이라면, 끝내 피할 수 없는 짐이라면 조용히 지고 가는 것도 아름답다.

거기다가 삶을 즐김과 누림으로만 파악한 데서 터져나오는 너희 괴로움의 부르짖음에 이르면 나는 걱정과 아울러 괴이쩍은 느낌까지 든다. 이 무슨 근거 없으면서도 불리하기만 한 삶의 이해 방식이랴. 기쁘고 즐겁기 위해서 온 것이라면 이 세상은 태어나는 순간부터 고통의 도가니이다. 반대로 삶을 견디며 채워나가야 하는 어떤 것으로 본다면 과장해야 할 고통도 없거니와 오히려 이 세상은 살아볼 만한 곳이 될 수도 있다.

그렇지만 사백 년 세월을 거슬러 내 대단찮은 한 살이를 되돌아보게 만든 것은 무엇보다도 삶을 덧없어하는 너희 한숨 소리와 그 속절없음에 쏟는 너희 넋두리였다. 한 인간으로서 삶의 덧없음에 한숨짓고 그 속절없음을 하소연하는 것은 얼마든지 받아들일 수 있고, 낙관주의로 유명한 철학조차도 삶의 그러한 본질은 인정하고 있다. 하지만 그 허망감과 무력감이 오직 여성이기 때문이라면 나는 실로 이해할 수 없다.

이제 너희 시대가 즐겨 쓰는 말을 빌려 얘기해 보자. 내가 알기로 너희를 그 같은 한숨과 넋두리에 빠지게 하는 일 중에서도 가장 위력적인 것은 요즘 들어 부쩍 크게, 그리고 자주 거론되는 '여성의 자기 성취'란 말이 아닌가 한다. 언필칭 여성을 위한다는 잡지치고 그걸 떠들어대지 않은 잡지는 없고 다른 대중 매체들도 여성 상대의 지면과 시간만 나면 질세라 그걸 들고 나와 찧고 까분다.

남자들은 자기의 일을 가지고 있고 나름의 성취도 있다. 자녀들도 나이가 차면 제 일을 가지고 저마다의 성취를 향해 떠난다. 그런데 주부에게는 무엇이 남느냐. 남편 뒷바라지, 아이 기르기로 좋은 청춘 다 가고……. 그렇게 나이 든 주부들을 심란케 하다가 한 술 더 떠 가장 여성을 위하는 체 들쑤셔댄다. 지금이라도 나오너라. 남편과 아이들과 가정에서 해방되거라.

그런데 내게는 그 '여성의 자기 성취'란 말과 거기 따른 논의처럼 애매하고 수상쩍은 것도 없다. 애매한 것은 자기 성취란 말의 내용과 그 실현 방식이다. 그리고 수상쩍은 것은 그 애매한 논의로 여성을 충동질하는 저의이다.

자기 성취의 내용을 특수하면서도 그 가치가 사회적 승인을 받을 수 있는 업적으로 한정짓는다면 남성에게도 그런 자기 성취는 흔한 일이 아니다. 빼어난 재능과 노력으로 남들이 다 인정할 만한 성취를 이루는 남성은 많아야 백에 하나를 넘기지 못할 것이다. 따라서 그런 자기 성취를 못한 것이 불행이라면 그것은 여성만의 것이 아니다.

자기 성취의 내용을 겸손하게 낮춰도 마찬가지다. 평범한 재능이라도 나름의 성의와 노력으로 어떤 결과를 얻었을 때 그것을 모두 자기 성취로 쳐준다면 이번에는 모두가 자기 성취를 한 셈이 된다. 아무도 노력과 성의 없이 이 세상을 사는 사람은 없다. 도대체 이 세상이란 게 그렇게 수월하게 살 수 있도록 만들어져 있지 않다. 따라서 모든 사람은 크건 작건 나름의 자기 성취를 하게 되어 있고 그 점에서는 여성도 예외가 아니다.

그런데 참으로 알 수 없는 일은 어떤 뜻으로 말하든 여성의 자기 성취에서는 가정에서의 성취가 제외된다는 점이다. 남편을 내조하고 아이들을 기르는 일은 여성이 가장 오랫동안 해왔고 또 가장 효율성이 높은 분야인데도 대중적으로 자기 성취를 논의하는 자리에서는 어김없이 뒷전으로 밀려버리고 만다. 지금껏 훌륭하게 자기 일을 해온 중년의 자랑스런 주부를 갑작스런 허망감과 무력감 속으로 밀어넣는 해괴한 논의이다.

그렇지만 애매함을 넘어 수상쩍은 느낌까지 주는 것은 이 시대가 다투어 권하는 자기 성취의 방식이다. 앞서 보았듯 너희 논객들은 입을 모아 말한다. 자기의 일을 가져라. 자아를 되찾아라. 남편과 아이들로부터 벗어나라. 가정에서 해방되라……. 그런데 내게는 그런 권유들이 마치 자기 성취를 원하는 여성에게는 가정은 감옥이고 남편은 폭군이며 아이들은 족쇄라고 외치는 것처럼 들린다. 현모양처란 무능과 불행의 다른 이름이고 내조와 양육은 허송세월의 동의어인 듯하다.

거기다가 더욱 수상쩍은 것은 그렇게 끌어낸 여성들을 이 시대가 몰아가는 곳이다. 어제까지도 성실한 주부로서 나름의 성취를 이뤄가고 있던 여성들이 그 애매하기 짝이 없는 자기 성취의 열정에 휘몰려 걷게 되는 길을 보라. 형편이 좋으면 느닷없이 서투른 예술가 흉내를 내거나 뒤늦게 가망 없는 학문으로 뛰어든다. 그렇지 못한 쪽은 난데없는 여류사업가 또는 기능인의 꿈에 젖어 사기에 얽히거나 별 소득도 없는 일에 심신이 아울러 녹초가 된다.

그리하여 그들이 이런 저런 단체가 좌판처럼 펼쳐놓은 싸구려 문화 강좌나 벌써 오래전부터 정원 미달인 하류 대학의 대학원에서 혼자 황홀한 몽상에 젖어 있는 사이에, 또는 연고 판매에 의지할 수밖에 없는 조악한 상품의 외판원이 되어 친지들을 괴롭히고 다니거나 나이든 비숙련공으로 헐값에 노동력을 팔고 있는 사이에 가정은 뿌리째 흔들린다. 점심을 라면으로 때운 아이들은 갑작스레 늘어난 자유 시간을 만화가게나 비디오 방에서 폭력과 음란부터 익힐 것이고, 남편은 썰렁하고 성의 없는 저녁 밥상머리에서 역시 아무 이룬 바 없이 늙어가는 자신을 새삼 우울하게 돌아보게 될 것이다.

나는 요즈음 유행하는 여성의 자기 성취에 관한 논의에 영악하고 탐욕스런 자본주의의 간계가 끼어들지 않았는지 솔직히 의심이 간다. 문화마저 상품화에 성공한 자본주의가 방대한 시장 개척을 위해 여성에게 걸고 있는 집단 최면이 바로 그 요란한 자기 성취의 논의는 아닐는지. 또는 그들의 논리로 보면 가정에 사장(死藏)되어 있는 값싼 노동력을 거리로 끌어내기 위해 창안해 낸 효과적인 구호가 바로 그 여성의 자기 성취는 아닌지.

하지만 그렇다고 해서 내가 가정 밖에서 이루어지는 너희들의 모든 자기 추구를 부인하려는 것은 아니다. 젊은 날의 내조가 허락한 경제적 여유와 잘 자란 아이들이 준 여가를 예술적 재능의 연마나 배움을 넓히는 데 쓰는 것은 오히려 장려되어야 한다. 편리해진 만큼 쓰임새도 늘어난 세상에서 가장(家長)의 벌이가 부실할 때 그를 도와 넉넉한 살이를 도모하는 것도 너희가 할 수 있는 일이다. 너희 중에는 한 범용한 남성을 도와 집안을 일으키고 별 가망도 없는 아이들을 길러 겨우 제 구실이나 하도록 하는 데 묻어 버리기에는 아까운 재주를 타고난 이도 있을 것이다.

더구나 세상은 변하였다. 남녀를 가장 확실하게 구별해 주던 출산의 기능마저도 멀지 않아 과학과 기계가 대신하게 될지 모르는 이런 시대에 유독 너희만을 분별하여 들려줄 얘기가 따로 있을 것 같지도 않다. 너희와 나 사이에 가로놓인 사백 년 가까운 세월도 나를 자신 없게 하기에는 넉넉하다.

그러나 나는 믿는다. 틀림없이 세상의 많은 것은 변하지만 더러는 변하지 않는 것들도 있다. 어떤 것들은 시간의 파괴력을 이겨 내어 존재하고 어떤 원리들은 시대의 변화를 뛰어넘어 작용한다. 사람의 딸로 태어난 너희가 이 세상에서 걸어가야 할 길에도 그런 것들은 있다. 나는 바로 그 믿음에 기대 이제 너희에게는 자칫

뜻없이 지루하기만 할지도 모르는 내 한 살이를 되돌아보려 한다.

열두 검제

사람이 태어나고 자란 땅은 그 몸을 기를 뿐만 아니라 뜻을 키우고 마음도 닦아준다. 이에 성현께서도 '그 사는 땅이 어질면 아름답다(里仁爲美)'라 하셨고, '슬기롭기를 바란다면 어진 곳을 골라 살라(擇不處仁 焉得知)'고 가르치셨다.

나는 선조 31년 왜장 소서행장(小西行長)이 그 마지막 무리를 이끌고 이 땅에서 쫓겨나기 하루 전인 동짓달 스무나흗날 안동 서쪽 20리쯤 되는 검제(黔堤)에서 태어났다. 검제는 낙동강의 한 갈래인 솔밤내[松夜川] 상류 계곡에 자리 잡은 마을 이름이다. 달리 금지(金池), 금음지(今音池), 금제(琴堤)로 불리기도 하는데 밖으로 널리 알려져 쓰이는 이름은 금계촌(金溪村)이다.

사람의 몸을 기르는 것이 곡식과 어염(魚鹽)뿐이라면 검제는 그리 넉넉한 땅이 못된다. 북으로 조골산(照骨山), 서로 학가산(鶴駕山), 남으로 갈라봉(葛蘿峯)이 있어 들이 넓지 못하고, 앞으로 낙동강이 흐른다 하나 수운(水運)이 닿지 않는 지류(支流)여서 그에 따른 이익도 얻기 어려웠다. 하지만 가까운 산세는 부드럽고 골짝마다 흐르는 맑은 물은 사철 마르는 법이 없어 넓지 않은 들이나마 그곳에 깃들여 사는 사람들에게 입성과 먹을거리를 대는 데는 크게 모자람이 없었다.

옛부터 검제가 '천년불패(千年不敗)의 땅'이라 불린 까닭은 오히려 사람의 심성을 다스리고 이끄는 그 지형(地形)과 수상(水象)에 있었던 듯싶다. 나지막하면서도 저마다의 응위와 품자(稟姿)를 지닌 봉우리와 언덕들, 그리고 군데군데 우뚝 선 잘생긴 바위들은 마을을 가로지르는 금계천(金溪川)과 더불어 숨어 사는 선비가 뜻을 키우고 마음을 닦는 데 더할 나위 없는 도량(道場)이 되어주었다. '나이 많은 노인을 뫼시는 집이 많아 일향(一鄕)의 사람들이 모두 (검제를) 노인촌이라 부른다'는 기록도 그런 산천의 혜택과 무관하지 않을 것이다.

검제는 아래로 만운촌(晩雲村)으로부터 복당(福堂) 사망(仕望) 알실[知谷] 부로동(扶老洞) 금장동(金莊洞) 효자문(孝子門) 미산(眉山) 춘파(春坡) 가음동(佳陰洞) 봉림(鳳林)에 이르기까지 스무남은 마을을 아울러 부르는 이름이다. 모두가 나름으로 문벌과 인재를 지닌 마을이라 '열두 검제'란 말이 여기서 나왔다. 그러나 그 마을들이란 게 기껏해야 대여섯 채의 집이 모여 만든 작은 것인데다 그마저 띄엄띄엄 흩어져 있어 하회(河回) 같은 규모는 느낄 수가 없다. 여기서 다시 '들을 검제지 볼 검제는 아니다'란 말이 나왔다.

하지만 그 땅이 어질다는 것은 산천의 풍미(豊美)나 풍토의 순조(順調)만을 말함은 아닐 터이다. 일찍이 그 땅에 살다 간 사람들의 성취도 뒷사람에게는 유념해야 할 택리(擇里)의 조목이 된다. 그런 면에서 검제도 헛되이 이름이 세상에 전해진 것은 아니었다.

내가 났을 때만 해도 백죽당(柏竹堂=裵尙志)을 비롯해 단계(丹溪=河緯地) 선생의 곡절 많은 사자(嗣子)와 용재(慵齋=李宗準), 마애(磨厓=權理), 동호(東湖=邊永淸), 그리고 학봉(鶴峯=金誠一) 선생의 옛집들이 곳곳에 남아 그 땅에서 살다 간 선현들의 자취를 전해 주었다. 송암(松巖=權好文)과 임연재(臨淵齋=裵三益)도 그 땅에서 나고 자란 이들이었으며 그 밖에도 열 손가락으로는 다 헬 수 없는 존숭받는 이름들이 눈부신 후광처럼 그 땅에 드리우고 있었다. 그리고 멀지 않은 능곡(陵谷)에 흩어져 있는 삼태사(三太師=고려 건국 공신으로 안동 김씨의 시조인 金宣平, 안동 권씨의 시조인 權幸, 안동 장씨의 시조인 張貞弼)의 묘우(廟宇)나 서애(西厓=柳成龍) 선생의 윗대 재사(齋舍)인 영모당(永慕堂)은 비록 그 땅에서 나지는 않았으나 한 시대를 떨쳐 울린 이들의 삶을 끊임없이 상기시켰다. 검제에서 나고 자라는 뒷사람들에게는 그들 모두가 긍지요 격려요 지향이 되었을 것이다.

제월대

　내가 나고 자란 곳은 '열두 검제' 중에서도 춘파라는 마을이었다. 춘파는 당시 봄파리라고 불리었는데 벽상삼한삼중대광아보공신태사(壁上三韓三重大匡亞父功臣太師) 휘(諱) 정필(貞弼)을 시조로 하는 안동 장씨들이 대여섯 집 모여 작은 마을을 이루고 있었다.

　태사공(太師公)은 원래 화하(華夏) 분으로 당나라 말기 천하가 어지러워지자 공자의 화상과 일흔 제자들의 위판(位版)을 모시고 해동으로 건너오셨다. 그때에 많은 경전과 도적(圖籍)도 함께 가져오신 공은 먼저 인동(仁同) 땅에 자리 잡으시고 제자를 기르시다가 뒤에 다시 안동으로 옮기셨다. 비록 도래인(渡來人)이나 학식과 덕망이 높아 공의 문하에 많은 제자가 모이니 곧 안동의 호족을 이루셨다.

　하지만 세상이 어지럽기는 이 땅도 마찬가지여서 때는 후삼국이 한창 치열하게 각축을 벌이던 무렵이었다. 마침 고려 태조 왕건이 후백제의 견훤과 안동 부근에서 한바탕 결전을 치르게 되었는데 그때 태사공께서는 안동의 다른 호족인 김선평, 권행과 더불어 왕태조를 도와 견훤을 크게 무찔렀다. 감격한 왕태조는 세 사람을 나란히 태사로 봉하니 이가 곧 안동의 삼태사(三太師)이다. 그 뒤로 삼태사의 후예들은 안동을 본관으로 삼고 인근에 흩어져 번성을 누렸다.

춘파에 사는 안동 장씨 입향조(入鄕祖)의 휘(諱)는 의(儀)이고 고려 말에 후릉참봉(厚陵參奉)을 지내셨다. 이씨들의 득세로 나라 운세가 글러감을 매양 한탄하다가 시조공의 묘소에 가까운 산 속으로 물러나 사시게 되었다. 그 뒤 그 자손들이 모여 이룬 마을이 바로 춘파이고 나의 친정아버님은 입향조의 6대손이 된다.

나는 아버님 휘 흥효(興孝)와 어머님 안동 권씨 사이에 외동딸로 태어났다. 비록 여자로 태어났으나 검제의 빼어난 산수와 인물들은 어린 내 정신에도 깊은 흔적을 남겼다. 이제는 소문보다는 볼품없는 시골 마을이 되고 말았지만 숲이 짙고 물이 마르지 않았던 옛 검제는 천년불패의 땅이라 믿기에 부족함이 없는 풍광을 지니고 있었다. 거기다가 그 시절 특유의 도참(圖讖)이 더해져 골마다 용이 노니는 못[龍池]이요 봉우리마다 봉이 깃드는 둥지[鳳巢]였으며 금계(金鷄)가 알을 품고 주작(朱雀)이 춤추며 날았다.

하지만 내 어린 기억과 감동에 생생하기로는 아무래도 검제의 인물들이 남긴 일화들이 된다. 그 살아 있는 전설들은 때로는 엄숙한 교훈과 더불어 내 삶이 지향해야 할 곳을 넌지시 일러주었고 때로는 애틋한 감회와 함께 어린 꿈에 아로새겨졌다. 비록 내 자신의 삶은 아니지만 알게 모르게 내 삶에 영향을 미친 만큼 아직도 인상 깊게 기억 속을 떠도는 몇몇만 추려보자.

어린 여자아이의 감수성에 걸맞게 애절하면서도 감동적이기는 단계 선생의 후사(後嗣)에 얽힌 이야기가 될 것이다. 세상에서 이르는 바 사육신(死六臣) 가운데 한 분인 단계 하위지(河緯地)는 계유정난(癸酉靖難) 뒤 어쩔 수 없어 세조의 벼슬을 받았으나 그 녹은 먹지 않고 따로이 모아두었을 만큼 개결한 인품을 지닌 절신(節臣)이었다. 뒤에 성삼문 등과 함께한 음모가 발각나 수레에 몸이 찢겨 죽고 그 아들 호(琥)와 박(珀)도 함께 죽음을 당했다. 그때 둘째아들 박은 아직 어린 나이였으나 금부도사에게 청해 어머니에게 결별하면서 말했다고 한다.

"죽는 것은 두렵지가 않사옵니다. 아버님이 이미 돌아가셨으니 제가 어찌 홀로 살 수 있겠습니까. 다만 시집갈 누이는 비록 천한 종년이 되더라도 어머님은 지어미된 의(義)를 지켜 한 지아비만을 섬겨야 될 줄 압니다."

그리고 태연하게 죽음을 받으니 사람들이 모두 감탄해 마지않았다. 내 어린 마음에도 지어미된 의와 더불어 자식을 잘 기른다는 것이 어떤 것인지를 섬뜩하게 느끼게 해주는 애사(哀史)였다.

애절하면서도 감동적인 얘기는 거기서 그치지 않는다. 대역 죄인으로 멸문을 당하는 만큼 아직 강보에 싸인 단계 선생의 어린 조카 원(源)도 죽음을 면할 수 없었다. 그런데 선생이 부리던 비복(婢僕)의 충성과 기지로 원은 죽음을 면하고 무사히 자라 후사를 잇게 된다. 금부도사가 선생의 집으로 들이닥쳐 가솔들을 끌어갈 때 마침 원과 비슷한 어린애를 기르던 여종이 자신의 아이와 원을 바꿔치기 하여 살려낸 덕분이었다. 그 뒤 단계 선생의 충절을 기린 검제의 안동 권문(權門)이 종의 품에서 장성한 원을 사위로 맞아들여 선생의 후사를 잇게 했는데 그가 자리 잡은 곳이 바로 검제 초입에 있는 솔밤 마을이었다.

사람들은 그 얘기에서 통상 자신의 핏줄을 죽여가며 주인의 아들을 구해 낸 비복의 피를 토하듯한 충성에 감동하고 위급한 상황에서도 바꿔치기를 생각해 낸 그 기지를 칭찬했다. 그러나 내게는 왠지 그렇도록 비복을 돌본 선생의 인품이 먼저 떠올랐고 아울러 진정한 주종 관계란 게 어떤 것이어야 하는지를 따져보게 해 주었다.

풍류스럽고 호방하기로는 백죽당(柏竹堂)의 고사가 있다. 백죽당 배상지(裵尙志)는 여말(麗末)에 사복시정(司僕寺正)을 지낸 이로 벼슬에서 물러난 뒤 검제로 내려와 봉림이란 곳에 자리 잡고 살았다. 아들 넷이 모두 등과하여 각기 사헌부 지평, 관찰사, 감찰, 이조정랑이 되었고, 그 형 상도(尙度)는 대사성을 지냈으며 아우 상공(尙恭)은 판서에 이르렀다. 거기다가 조카들 역시 등과하여 관찰사와 이조정랑을 지내니 그 집안은 검제에서뿐만 아니라 조선이 다 알아주는 문벌이 되었다.

그 백죽당의 세 아들이 급제하기 전 가까운 죽림사(竹林寺)란 절에서 학업을 닦고 있을 때였다. 하루는 기생 셋을 불러 술을 마시는데 갑자기 백죽당이 아들들을 보러 왔다. 모처럼의 풍류를 즐기던 세 아들은 아버지의 느닷없는 방문에 놀란 나머지 기생을 껴안고 이불을 덮어써 버렸다. 그 광경을 본 백죽당은 빙긋이 웃으며 벽에 시 한 수를 적어놓고 그곳을 떠났다.

배가(裵哥) 한 놈 배가 한 놈에 또 배가 한 놈이라
세 배가 놈 모인 곳에 봄바람이 도는구나
절 이름은 죽림(竹林)이나 대나무숲만은 아니로세
대나무숲 깊은 곳에는 복숭아꽃도 피었다네

一裵一裵復一裵
三裵會處春風廻
名是竹林非但竹
竹林深處桃花開

사람들은 흔히 그런 백죽당의 인품과 도량에 감탄하고 그 호방스런 골계(滑稽)를 재미있어 한다. 혹은 풍류를 이해하는 그 멋스러움을 취하기도 한다. 그러나 나는 그 시에서 아들들에 대한 백죽당의 다함없는 믿음을 본다. 그 아들들도 뒷날 나란히 대과 (大科)에 올라 그런 아버지의 믿음에 보답했다. 비록 어린 나이에 그 얘기를 들었지만 그때조차도 부모의 믿음과 거기에 보답하려는 자식의 분발이 더할 나위 없는 아름다움으로 내 가슴 깊이 와닿았던 듯하다.

내 아버님의 스승되시는 학봉(鶴峯) 선생은 그 생애 전체가 뒷사람의 좋은 본보기가 되실 분으로 그 학덕과 훈업(勳業)을 말하자면 열 권의 책으로도 모자랄 것이다. 동방부자(東方夫子) 퇴도(退陶 =퇴계) 선생의 고제(高弟)로 서애 선생과 나란히 조정에 나가 전상호(殿上虎=임금도 겁내지 않는 강직한 신하)란 별호를 얻을 만큼 도학 (道學) 정치를 펼치는 데 힘썼다. 임란 전 일본 사행(使行)에서 돌아와 조정에 적정(敵情)을 그릇 알린 허물이 있으나 이는 정사(正使)인 황윤길과의 불화에서 비롯됨보다는 왜적의 침입에 직면한 상하의 경동(驚動)을 우려함이 크셨기 때문이었다.

그러했음에도 임진년의 변란을 당하자 스스로에게 허물을 묻 듯 감영도 군사도 없는 감사(監司)로서 이미 왜적의 땅이 된 경상도로 뛰어들어 목숨을 돌보지 않고 왜적과 싸웠다. 소매에 숨길 수 있는 놋쇠 몽둥이 하나에 발이 날랜 노복 하나만 데리고 경상도 구석구석을 돌며 곽재우 등 동학(同學), 제자들을 격려해 의진(義陣)을 일으키게 하고 수령이 달아나 버린 고을에는 남아 있는 구실아치라도 가임(假任)하여 고을이 없어지는 것을 막았다. 목사(牧使)가 산중으로 달아나 버린 진주성에 이르러서는 '진주가 없으면 호남도 없다(無晉陽 無湖南)'시며 판관 김시민(金時敏)을 목사로 세우고 경상 좌우도의 의병을 규합하여 마침내 진주대첩(晉州大捷)의 공을 이루셨다. 그러다가 과로에 질병이 겹쳐 두 번째 싸움을 앞두고 진주성 안에서 돌아가시니 평생 그를 미워하던 서인(西人)들조차도 그 의열에 감복해했다고 한다.

학봉 선생은 중년에 윗대부터 살아온 임하(臨河)에서 처가가 있는 검제로 옮겨 사시게 되었는데 내가 자랄 때는 이미 돌아가신 지 여러 해가 지난 뒤였다. 그러나 내 어린 날의 기억에 남은 선생은 언제나 기개와 재치가 넘치는 개구쟁이일 뿐이다. 그 까닭은 아마도 선생이 남긴 유년 시절의 일화들에 있을 것이다.

어릴 때 선생은 장난이 심했다. 한번은 상주인 손님이 찾아와 굵직한 버드나무 상장(喪杖)을 사랑 난간에 기대놓고 방으로 들어갔다. 어린 선생은 좋은 장난감을 만났다는 듯 그 버드나무 막대를 두 다리에 끼우고 말타기 놀이를 하다가 근처 버드나무 숲에 내던져 버리고 말았다. 그리고 다시 다른 놀이에 빠져 잊고 있다가 손님이 돌아가려고 지팡이를 찾자 칠언절구(七言絕句)로 그 있는 곳을 일러주었다.

이 말은 어느 해에 대완(大宛)을 떠났는고
올 때 응당 옥문관(玉門關)을 지났으렷다
이제 바야흐로 천하가 평온하니
봄바람에 하늘거리는 버들가지 사이에 한가로이 묶여 있네

此馬何年出大宛
來時應踏玉門關
方今天下定無事
閒繫春風細柳間

　사람들은 흔히 그 일을 선생의 타고난 재주가 일찍 드러난 것
으로 받아들여 천재니 신동(神童)이니 하며 흠모한다. 그러나 어
린 내가 부러워한 것은 그들이 알지 못하는 사이에 이루어진 선생
의 노력과 이르고 눈부신 그 성취였다. 나는 아직도 온전히 하늘
로부터만 받은 그런 재능이 있다고는 믿지 않는다.
　검제 사람들이 즐겨 전하는 선생의 어릴 적 일화로는 이런 것도
있다. 선생이 예닐곱 나던 해의 어느 여름날이었다. 선생이 또래들
과 놀이에 빠져 있는데 멀리서 신관 사또의 위세 좋은 행차 소리
가 들려왔다. 장난기와 함께 은근히 심술이 발동한 선생은 길가
배나무 위에 올라가 있다가 그 아래로 지나가는 사또의 가마 지

붕에다 오줌을 갈겼다. 성난 사또가 선생을 배나무에서 끌어내려 놓고 보니 양반집 자제라 벌로 시 짓기를 시켰다. 선생은 별로 겁내는 기색도 없이 벙글거리다가 시 한 수를 내놓았다.

그대는 어찌 먼저 벼슬길에 오르고 나는 이리 늦는가
봄 난초 가을 국화 저마다 그 때가 있으니
오늘 소나무가 평상보다 낮다고 말하지 말라
뒷날 그 소나무가 자라면 평상이 오히려 낮으리라

君何先達我何遲
秋菊春蘭各有時
莫道今日松低榻
松長他日榻反低

이 일에 대해서도 사람들은 흔히 선생의 남다른 재주와 아울러 사내다운 기개에 감탄하는 것으로 그친다. 그러나 내가 생각하게 되는 것은 사람이 꾸는 꿈의 크기와 아름다움이다. 선생은 그때의 어린아이들이 꿀 수 있는 꿈 중에서는 가장 크고 아름다운 꿈을 품고 계셨음에 틀림이 없다.

그 밖에도 검제에서 살아간 이들로 그 값진 삶의 자취가 어린 내 가슴에 깊은 흔적을 남긴 이들은 더 있다. 무오사화 때 억울하게 죽은 절개 있는 선비 용재(慵齋) 이종준(李宗準), 한때 권신 김안로(金安老)와 손을 잡고 천하를 주물렀으며 뒷날 이조판서에까지 오른 마애(磨厓) 권예(權輗), 이제는 「독락팔곡(獨樂八曲)」이란 경기체가(景幾體歌)로 더 널리 알려지게 된 송암(松巖) 권호문(權好文), 역시 퇴도 선생의 문하로 그 배움을 목민(牧民)에 펼치다가 순직한 임연재(臨淵齋) 배삼익(裵三益) 같은 분들의 행적도 그 시대 여성으로 태어난 것이 무얼 뜻하는지를 아직 잘 모르는 내게는 한 지향이 되었을 것이다.

그렇지만 세상에 있는 모든 것과 마찬가지로 세상에서 일어나는 여러 일에는 필경 무거움과 가벼움, 길고 짧음, 깊고 얕음이 있게 마련이다. 검제의 산수가 하나같이 용지(龍池) 봉소(鳳巢)라 해도 모든 이에게 다 같이 검제일 수는 없고 춘파라고 모두에게 다 같이 춘파일 수는 없다. 검제 안에 춘파가 있듯이 춘파 안에는 또 내 마음의 춘파가 따로 있다. 그 땅을 살다 간 사람들도 그러하다. 그들이 끼친 아름다운 자취가 뒷사람들에게 깊은 인상을 주고 더러는 그 삶을 이끌었다 해서 그들 모두가 하나같을 수는 없다. 어떤 이는 그저 부러움을 사고 어떤 이는 다만 우러름을 받을 뿐이다. 어떤 이는 때를 당하여 지침이 되며 어떤 이는 일생을 따라야 할 사표(師表)가 된다. 그러나 저 사람의 사표가 곧 나의 사표는 아니다.

내 마음의 준파는 한 개의 크고 잘 생긴 바위 혹은 바위언덕이다. 그 성취의 길은 달라도 내가 일생을 우러르며 이르고자 했던 그 땅의 사람은 나의 친정아버님이다. 그리고 그 둘은 내 기억 속에 너무도 굳건하게 이어져 있어 생겨날 때부터 하나인 것처럼 언제나 함께 떠오른다.

그 바위는 내 살던 옛집에서 멀지 않은 곳, 금계천 가의 작은 산 발치에 가파른 언덕을 만들며 박혀 있었다. 한 덩이 큰 화강암으로 열 아름 너비에 높이는 스무 길쯤 될까. 날랜 들짐승도 오르기 어려울 만큼 높이대로 곧추 치솟다가 꼭대기에 이르러서야 겨우 몇 평 넓이를 그 옆 꼬불꼬불한 산길로 돌아 힘들게 오른 이에게 내주었다.

젊은 시절부터 그곳의 경관을 사랑하시던 아버님은 그 바위에 제월대(霽月臺)란 이름을 붙이셨다. 비 갠 하늘에 돋은 달을 바라보는 곳 ― 그 무렵 겨우 문자를 깨쳤던 나는 그 이름에서 풍류와 문아(文雅)를 아울러 느꼈다. 뒷날 학자로서 자리를 잡아가던 아버님이 그 제월대 아래 광풍정(光風亭)이란 정자를 지으셨을 때도 나는 그 이름에서 소장 도학자(道學者)의 절제된 풍류밖에는 느끼지 못했다. 맑은 바람이 불어오는 정자란 강학(講學)과 수신의 터에도 붙일 수 있는 이름이었기 때문이다.

그러다가 내가 광풍(光風) 제월(霽月)에서 깊어가는 아버님의 심학(心學)을 느끼게 된 것은 아버님의 오랜 벗이신 인재(仁齋) 최선생(崔仁錫)이 쓴 「광풍정기(記)」를 홀로 터득하고 나서부터였다. 인재는 조리와 기품을 아울러 갖춘 문체로 그 정자와 바위에 붙은 이름을 풀고 있는데 대강을 기억하면 이러하다.

〈사람의 본성은 하늘의 달처럼 밝고 깨끗한 것이나 칠정(七情)의 구름이 덮고 의혹과 완매(頑昧)의 안개가 끼어 그 원래 모습을 드러내지 못하고 있다. 이제 이 정자에서 성현의 가르치심을 맑은 바람으로 삼아 그 구름과 안개를 걷고 본성을 되찾으며, 저 바위에 올라 비 갠 뒤의 달을 우러르며 그같이 밝고 깨끗한 본성을 지키고 기르리라…….〉

아성(亞聖)께서 가르치신 이른바 존심양성(存心養性)의 이치가 바로 그 두 이름에 담겨 있었던 셈이다. 인재는 또 쓰기를,

〈일찍이 공(公)은 정부자(程夫子=송나라 程顥 형제를 높여 부르는 말)를 깊이 읽어 그 요체를 '경(敬)'에서 찾고 스스로 경당(敬堂)을 호(號)로 삼았다…….〉

라고 하여 아버님의 호가 경당이 된 유래를 밝혔다. 제월대와 아버님이 기억 속에 그토록 굳건히 묶여 나만의 본향(本鄕)을 이루게 된 것은 아마도 그날 이후가 될 것이다. 줄지어 찾아드는 문도(門徒)들에게는 배움의 터요, 이따금 먼 길을 오는 동도(同道)

들에게는 사귐의 마당이 되었던 광풍정은 제월대의 일부일 따름이었다.

아버님 경당

내 아버님의 휘는 흥효(興孝)요 자(字)는 행원(行原)이며 호는 경당(敬堂)이시다. 일찍부터 학문에 뜻을 두어 일생 벼슬길에 나가지 않으시고, 배우고 익히고 가르치시는 일로 오로지 하셨다. 뒷날 그 학문과 덕행이 조정에 알려져 창릉(昌陵) 참봉이 제수되었으나 교지가 이르기 전에 돌아가시니 지평(持平)이 추증(追贈)되었다. 문하에 뛰어난 제자가 많았으며 뒷날 경광서원(鏡光書院)에 배향(配享)되셨다.

조선 중기 이후 영남의 학맥이 대개 그러하듯 아버님의 학맥도 도산(陶山) 이부자(李夫子＝이퇴계를 높여 부르는 말)로부터 발원한다. 부자의 수많은 문도(門徒) 중에 팔고제(八高弟)라 하여 특히 높이는 여덟 분이 있는데 누가 적전(嫡傳)인지에 대해서는 논란이 많다. 그러나 후세에 영향을 미친 학통으로 따지면 대개 월천(月川) 조목(趙穆), 학봉 김성일, 서애 유성룡, 한강(寒岡) 정구(鄭逑) 네 분을 손꼽을 수 있을 듯하다.

아버님은 그 네 분 중 학봉 문하에서 먼저 학문을 시작하셨다. 학봉 선생이 임하에서 검제로 옮겨 사시게 된 까닭은 흔히 부인 권씨에게 있는 것으로 알려져 있다. 권씨가 무남독녀라 장인이 죽고 홀로 남은 장모를 돌볼 사람이 없자 선생께서 처가곳으로 옮겨 앉으셨다 한다. 춘파에서 몇 마장 되지 않은 곳인데 무엇보다도 그런 지리적 인연이 아버님을 학봉 문하에 들게 하신 것으로 보인다. 추측건대 학봉 선생이나 아버님이 모두 안동 권씨 가문의 문객(門客)이었다는 점도 인연의 한 실마리는 되었을 것이다.

들기로 아버님은 「근사록(近思錄)」을 위주로 하시되 모든 경전에 두루 통하셨으며 배움에서는 언제나 읽고 듣는 것에서 그치지 않고 자신의 고구(考究)를 더해 간추려 나가셨다 한다. 일찍이 도산 이부자께서 말씀하신 〈박약양지(博約兩至＝진리를 널리 배우고 그것을 요약할 줄 아는 학문의 두 경지를 함께 이룸)〉를 흠모하셨음이라. 거기다가 품성과 인격을 높이는 일에도 게으름이 없으니 스승되신 학봉 선생께서도 그런 제자에게 기대하신 바가 크셨던 듯하다.

"이 사람은 장차 크게 성취할 것이니 제자 가운데 이런 사람을 얻게 됨은 실로 나의 복이다."

학봉 선생은 이따금 벗에게 아버님을 가리키며 그렇게 말씀하셨다 한다. 하지만 다시 벼슬길에 오른 선생은 임진년의 국난을 만나 동분서주하시다가 한을 품으신 채 진주에서 병몰하시고 말았다.

아버님께서 일생 유일하게 학업을 등한히하신 시절이 있다면 그 역시 섬 오랑캐의 침노로 이 땅의 신민이 어육(魚肉)났던 그 일곱 해 동안이었을 것이다. 〈지금은 뜻있는 선비가 창을 베개로 삼을 때이며 충성스러운 신하는 나라를 위해 죽을 날〉이라는 스승 학봉 선생의 초유문(招諭文)이 이르자 아버님은 서책을 덮어놓고 그 부름에 응하셨다. 그리고 난리가 끝나던 날까지 의병을 일으키고 군자를 모으는 궁리로 분주하셨다.

하지만 왜적이 이 땅에서 물러가자 아버님도 선비의 본업으로 돌아오셨다. 스승을 잃고 검제로 돌아오신 아버님은 인근 학우들과 교유하면서 홀로 학문의 길을 걸으셨다.

서애 유성룡 선생이 검제에 오신 것은 내가 태어난 이듬해였다. 전해 북인(北人) 이이첨(李爾瞻)과 정인홍의 모함으로 관직을 삭탈당하신 선생은 그해 정월 하회로 돌아오셨다가 능곡에 있는 조상의 묘소를 둘러보러 오신 길이었다. 아버님께서는 이때 서애 선생을 찾아뵈온 뒤 서른여섯의 나이도 늦다 아니 하시고 다시 그 문하에 드셨다. 학봉 선생의 동문이요 오랜 지기였던 서애 선생이라 그때 아버님께서는 돌아가신 스승을 뵙는 듯한 감회도 있으셨으리라.

그로부터 벼슬길에 나가지 않고 은거하신 서애 선생이 돌아가시기까지 여덟 해 아버님은 선생의 문하에서 이미 성숙한 학문을 더욱 가다듬었다. 그때 아버님께서는 존심양성지요(存心養性之要)와 이기(理氣)의 본질을 위주로 논구(論究)하셨던 듯하다. 한번은 이런 일이 있었다고 한다. 두 번씩이나 영의정을 지냈던 늙은 스승과 이미 불혹(不惑)이 넘은 제자가 밤늦도록 등잔불을 밝히고 성리(性理)를 논하다가 문득 스승이 등잔불을 가리키며 물었다.

"불의 허(虛)한 곳이 이(理)인가?"

아버님께서 공손하게 대답하셨다.

"허(虛)와 실(實)은 대립되는 것이나 이(理)는 대(對)가 없으니 허를 곧 이라고 할 수는 없을 듯합니다."

그러자 서애 선생은 즉시 고쳐 말하셨다.

"그렇겠지. 허에는 허의 이가 있고 실에는 실의 이가 있다."

아버님께서 경당이란 호를 쓰기 시작한 것도 그 무렵으로 여겨진다. 하지만 아버님의 학구는 거기서 그치지 않으셨다. 서애 선생께서 돌아가신 이듬해 한강 정구 선생께서 안동 부사(府使)로 오시자 아버님은 다시 늙으신 한강 선생의 문하를 찾으셨다.

그때 아버님은 이미 쉰을 넘으셨고 인근의 유생들이 배움을 구하여 찾아들 만큼 선비로서 이름도 얻고 계셨다. 거기다가 회연급문록(檜淵及門錄 = 한강 정구의 門徒錄)에 오를 만큼 스승과 제자의 구별이 확연하지는 않으나 아버님께서 한강 문하에, 그것도 여러 해에 걸쳐 배움을 구한 일만은 지울 수가 없다. 따라서 아버님께서는 실로 퇴도(退陶) 문하 세 고제의 가르침을 두루 섭렵하셨으니 그 적전(嫡傳)을 이으셨다 할 만하다.

사람의 머릿속에 든 학식이나 마음속의 덕망은 눈에 보이지 아니한다. 그러나 도산(陶山)의 심학(心學)은 그 볼 수 없는 것을 보게 해 준다. 나는 아버님 경당을 통해 그것을 보았다.

아버님의 하루는 첫새벽에 일어나 머리 빗고 세수하는 일로 시작되었다. 의관을 정제한 뒤 가묘(家廟)에 참배하고 다시 주자(朱子)의 화상에 배례하시는데 그 엄숙하고 경건하심은 신심 깊은 산승의 예불에 비할 바 아니었다. 그런 다음 서실에 드시면 하루 종일 단정히 앉아 책을 읽거나 생각에 잠기시고 밤이 와도 읽기나 깨달음에 막힘이 있으면 늦도록 자리에 들지 않으셨다. 또 날마다 깨달은 것과 실천한 바를 적으시고 경(敬)과 신(愼)이 모자라지 않았는가를 짚어보셨다. 안다는 게 무엇이고 깨닫는다는 게 어떤 것인지를 몸으로 보여주신 삶이었다.

원회운세 ― 어린 선택

아버님 경당의 학문은 두루 미쳐 널리 성취하셨지만 그중에서도 특히 역학(易學)에 밝으셨다. 호방평(胡方平=宋나라 유학자)의 「역학계몽통석(易學啓蒙通釋)」을 읽고 그 분배절기도(分配節氣圖)를 매양 의심쩍어하시더니 스무 해나 고구(考究) 하신 끝에 십이권도(十二卷圖)를 추연(推衍)하셨다. 또 강절(康節) 소 선생(邵雍＝송나라 유학자)의 『황극경세(皇極經世)』에 나오는 원회운세(元會運世)의 수와 세월일진(歲月日辰)의 수를 열두 달 스물네 절기에 더하여 「일원소장도(一元消長圖)」를 지으시니 여헌(旅軒) 장현광(張顯光) 같은 당대의 석학도 감탄해 마지 않았다.

나에 관한 기록이나 구전(口傳)은 한결같이 그 원회운세의 수에 관련된 내 어릴 적 일화와 함께 진진함이 시작된다. 내가 열두어 살의 어린 나이로 아버님의 수십 명 문도들이 잘 깨닫지 못한 어려운 수리를 홀로 깨쳤다는 투인데 그 전말은 이러하다.

아직 「일원소장도」도 완성되지 못했고 광풍정도 짓기 전의 일이었다. 소장학자로 자리를 잡아가던 아버님은 찾아온 유생들을 사랑채에서 가르치셨는데 그날은 마침 원회운세와 천문도수(天文圖數)에 관해 강론하시게 되었다. 평소에 전심하시는 바여서인지 그날따라 강론은 소상하면서도 힘찼다.

"세상의 시간은 각기 단위를 가지고 원을 이루며 보다 큰 단위로 나아간다. 여덟 각(刻)은 한 시(時)를 이루고 열두 시(時)는 한 날[日]을 이루며 서른 날은 한 달[月]이 되고 열두 달은 한 해[年]가 된다. 그렇다면 순환의 가장 큰 단위는 해[年]에서 그치는 것일까. 더 큰 천지의 시간은 없는 것일까. 이에 강절 소 선생은 원회운세론을 내어놓으셨다. 곧 서른 해는 한 세(世)를 이루고 열두 세는 한 운(運)이 된다. 다시 서른 운은 한 회(會)를 이루고 열두 회는 한 원(元)이 된다. 그리하여 사람의 해[年]와 같이 천지는 한 원(元)을 단위로 열리고 닫히며 한 원은 열두 회(會)의 변화를 거친다. 자회(子會)에서는 하늘이 열리고 축회(丑會)에서는 사람이 생겨났으며 인회(寅會)에서는 천황씨(天皇氏) 지황씨(地皇氏)가 땅을 가꾸고 사람을 가르쳤다……."

아버님께서는 그렇게 시작하시어 해회(亥會)에 천지가 다시 혼돈되며 일원기(一元期)를 마감하게 되는 원회운세를 논하신 뒤에 제자들에게 물으셨다.

"너희들은 이 뜻을 알겠느냐? 지금은 어느 회(會)에 이르렀으며 언제 지금의 원(元)이 다하느냐? 도대체 한 원은 몇 년이나 되느냐?"

그러나 좌중에서는 아무도 대답하는 제자가 없었다. 그때 나는 사랑채 툇마루에 기대 아버님의 강론을 엿듣고 있었다. 가만히 손가락으로 수괘(數卦)를 짚어가며 암산해 보니 대답할 수 있을 것도 같았으나 나설 수 있는 자리가 아니라 안채로 물러나고 말았다.

그런데 그날 점심나절이었다. 강좌를 마치시고 안채로 돌아오신 아버님께서 나를 부르시더니 물으셨다.

"얘야, 너는 원회운세의 수리를 알겠더냐?"

아버님께서는 내가 뒤꼍에서 엿듣고 있었음을 아시고 물으시는 듯했다. 나는 안채로 돌아와 홀로 셈해 본 대로 원회운세의 수를 말씀드렸다. 내가 한 회는 일만 팔백 년이요, 한 원은 십이만 구천육백 년임을 손으로 짚어내자 아버님은 벌써 놀라시는 기색이었다. 거기다가 그 승제법(乘除法)과 선천후천운회술(先天後天運廻術)까지 아는 대로 아뢰자 감탄과 탄식을 함께 쏟으셨다.

"어허, 이게 어찌 십여 세 난 여자의 지각(知覺)이라 하겠는가. 내 집에 복이 적어 네가 여자로 태어났구나."

국문으로 된 내 실기(實記=정부인 장씨 실기)는 이 일을 적으면서 내가 수리(數理)의 재주를 타고난 천재인 양 떠받들고 있다. 허나 실제 내막도 그렇지 못하거니와 그 같은 이야기 방식은 너희에게 아무런 도움이 되지 않는다.

나는 그때의 내가 그렇도록 나이와 학식에 비해 수리에 밝았던 까닭을 어린 날의 유별난 선택에 있었다고 본다. 나이 예닐곱 되어 사물을 분간하게 되면서부터 나는 또래의 여자아이들과는 다른 성장의 길을 걸어왔다. 그녀들이 꼭두각시를 안고 소꿉장난을 재미있어 할 때 나는 사랑에서 아버님의 접빈객(接賓客)과 고담준론을 보고 들으며 보냈다. 그녀들이 고운 댕기나 노리개를 탐낼 때

나는 아름다운 말과 앞선 사람들의 빛나는 성취에 가슴 두근거렸고, 더욱 자라 그녀들이 바느질과 부엌일을 맴돌 때 내 가슴은 벌써 문자와 책에 대한 동경으로 가득했다.

내가 그렇게 형성되어 간 데는 틀림없이 환경도 무시 못할 작용을 했다. 지식과 그 지식을 통한 자기완성의 열정에 불타는 소장학자의 가정이라는 것이 그러했고, 그런 아버님과 그를 따르는 제자들이며 오가는 선비들로 이루어진 남성적인 문화가 그러했다. 내 어릴 적 기억에 있는 여성은 오직 어머님뿐이었고 그 문화는 힘도 형체도 가지고 있지 못했다.

내가 아버님 경당에게 당시로서는 아주 늦어서야 본, 아들 없는 외딸이었다는 점도 나를 그렇게 기르는 데 한몫을 했다. 아들 없이 늙어가는 서운함에서였는지 아버님은 내가 말을 알아듣기 시작하면서부터 또래의 여자아이들로서는 받기 어려운 훈도(薰陶)를 베푸셨다. 그 점은 국문으로 된 내 실기에도 잘 드러나 있다.

〈……선생이 늦도록 남자아이 하나 없으시고 여자로도 오직 부인 하나 길러내어 사랑하고 기대함이 세상에 이뿐인데, 아침이나 저녁의 가르침이 모두 성인의 경전이고 현인의 말씀이라. 옛 어른의 좋은 행적과 일동일정(一動一靜)은 대인군자가 자기 몸을 지켜가는 방법임을 일러주셨다…….〉

따라서 어떻게 보면 내 선택은 선택이라기보다는 환경의 소산으로 여겨질 수도 있다. 그러나 세상에 어떤 선택이 그 처한 환경이나 주어진 여건과 온전히 무관할 수 있는가. 거기다가 내가 감히 선택이라고 주장할 수 있는 근거로는 내가 그 선택에 바친 주의와 집중력이 더 있다.

비록 나와 같은 환경이고 같은 여건이 주어졌더라도 주의와 집중력으로 그걸 받아들이지 않으면 내게서와 같은 자기형성은 일어나지 않는다. 오히려 그것은 떨쳐버리고 싶은 굴레, 벗어나고 싶은 짐이 될 수도 있다. 그런데 나는 주의와 집중력으로 그걸 받아들였고, 나중에는 자발적인 열정으로 그런 세계에 대한 동경을 길러갔다.

물론 어느 시기까지는 새롭고 가치 있는 것을 알게 되는 즐거움보다는 아버님의 감탄과 사랑을 얻는 기쁨이 내 주의와 집중력의 원동력이었을 것이다. 남에게 자랑하는 즐거움도 틀림없이 어린 내 주의와 집중력을 끌어내는 데 도움이 되었다. 하지만 그랬더라도 그게 내 선택에 흠이 되지는 않는다. 처음부터 그 진정한 의미를 깨닫고 이루어지는 선택이란 게 있어야 얼마이겠는가.

원회운세를 둘러싼 내 일화도 실은 그런 주의와 집중력의 작은 성과일 뿐이다. 이전부터 아버님은 『황극경세』에 심취해 계셨고, 말만의 가르치심이었지만 원회운세의 수리에 대해서도 일러주신 적이 있었다. 다만 내가 그걸 깨우치리라고 기대하지 않으셨기 때문에 혼잣말하신 것이나 다름없이 잊고 계셨을 뿐이었다. 그런데 내가 주의 깊게 들어두었다가 혼자만의 궁리를 더해 깨우쳐 내자 그토록 놀라고 감격하신 것이었다.

내가 수리의 천재여서 한 순간에 원회운세의 이치를 깨우쳤다면 그거야말로 얼마나 허황되고 무의미한 얘기가 될 것인가. 몇 백 년 만에, 혹은 몇 백만 중에 어쩌다 하나쯤 태어나는 천재의 얘기는 재미는 있을지 몰라도 우리 평범하게 태어난 사람들에게는 아무런 참고가 되지 못한다.

학발삼장(鶴髮三章)과 초서(草書) 적벽부 — 한때의 성취들

주의와 집중력도 노력의 일부로 본다면 원회운세를 깨우치기 위한 내 남모르는 노력은 기대하지 않았던 대가로 돌아왔다. 그날 이후 아버님께서 문자와 서책(書册)에 의한 가르침을 내게 베푸시게 된 일이 그랬다. 나를 가르치시는 태도도 이제는 사랑하는 어린 딸이 아니라 새로 맞은 제자를 대하시듯 했다.

물론 그 전에도 나는 한자를 익혔다. 하지만 그것은 겨우 안방에서 배운 천자문이나 「명심보감(明心寶鑑)」 정도여서 「내칙(內則)」이나 「여사서(女四書)」를 읽기에도 모자랐다. 그런데 그때부터는 아버님께서 손수 「소학(小學)」과 「십구사(十九史)」를 가르치시며 학문할 바탕을 키워주셨다.

감히 드러내놓고 청하지는 못했지만 오래 마음속으로 바라왔던 일이라 그렇게 정식의 배움이 시작되자 내 주의력과 집중력은 배가 되었다. 아버님을 실망시키지 않으려는 노력도 내 성취를 더욱 빠르게 했다. 실기에서 이른바 '일람첩기(一覽輒記)' '무불관통(無不貫通)'은 바로 그런 내 성취를 이른 말이었다. 나중에 내가 듣게 된 '여자 선비[女士]'란 별명도 내 학문적 성취를 추켜세운 말일 것이다.

무릇 사람의 배움이 겉으로 드러나는 길은 여러 갈래가 있다. 가장 윗길은 덕망으로 우러나는 것이요 다음이 행실로 드러나는 길이며 마지막이 글과 말로 나타내는 것이다. 또 말과 글로 나타냄에도 상품과 하품이 있으니 상품은 이치로 풀어 말하는 것이요 하품은 정의(情意)로 드러내는 것이다.

내 비록 정성을 다하여 아버님의 가르치심을 받들고 학문을 익혔으나 배움이 오래지 못한데다 재주마저 따라주지 않으니 어찌 윗길과 상품을 바라겠는가. 서너 해가 지나면서 겨우 말과 글로 배움을 드러낼 수 있게는 되었으나 그것도 이치가 아닌 정의였다. 열대여섯이 되면서 제법 시문(詩文)을 희롱하게 되었는데 먼저 기억나는 게 「성인음(聖人吟)」이란 오언(五言)이다.

성인의 시절에 나지 못해

성인의 모습은 뵙지 못하나

성인의 말씀을 들을 수 있으니

성인의 마음은 볼 수가 있네.

不生聖人時

不見聖人面

聖人言可聞

聖人心可見

　이는 막 배움에 눈뜨면서 그 느낌을 읊은 것이다. 열대여섯의 여자아이가 쓴 시로는 읽어줄 만하나 뒷사람의 상찬은 그저 부끄럽기만 하다. 그런데도 나는 무슨 흥에서였는지 그 무렵 한창 익어가던 행서(行書)로 갈무리해 두었다. 또 그 무렵에 쓴 시로 「경신음(敬身吟)」이란 게 있다.

　이 몸은 어버이께서 주신 몸이니

　어찌 감히 공경하지 않을 수 있으리

　이 몸을 함부로 욕되게 함은

　바로 어버이의 몸을 욕되게 함이어라.

此身父母身

敢不敬此身

此身如可辱

乃是辱親身

　이 또한 내가 배움에 눈뜨면서 나름의 정(情)과 의(意)로 효(孝)를 읊어본 것이다. 이제 너희에게는 희미한 감동밖에 주지 못하나 그 무렵의 효는 충(忠)과 나란히 세상을 지탱하는 윤리의 두 기둥이요 참된 배움이 마땅히 지향해야 할 으뜸가는 덕목이었다. 이 시는 정(情)이 잘 어우르지는 못해도 뜻은 귀한 데가 있다.

　그다음 역시 그 무렵의 시로 남아 있는 것은 「소소음(蕭蕭吟)」이다. 어느 보슬비 오는 날 홀로 마루에 앉았다가 문득 감흥이 일어 단숨에 읊은 오언이다.

　　창밖에 보슬보슬 내리는 빗소리

　　보슬보슬 저 소리는 자연의 소리여라

　　내 지금 자연의 소리를 듣고 있으니

　　마음 또한 자연으로 돌아가네.

　　窓外雨蕭蕭

蕭蕭聲自然

我聞自然聲

我心亦自然

　뒷사람은 이 시에서 깊은 철학적 사색까지 읽으려 하나 내게는
분에 넘친다. 그러나 보슬비 오는 날 어린 소녀가 읊은 감흥치고
는 이만하게 다듬어지기도 드물 것이다. 그때는 나도 자못 득의해
한 듯 역시 행서로 갈무리해 둔 바 있다.

　뒷날 내가 행서로 갈무리해 둔 「성인음」과 「소소음」은 아버님
경당에 의해 장성한 내 아이들에게 전해졌다. 이를 보신 군자(君
子=여기서는 남편을 이름)께서 새로이 글씨를 쓰고 둘째며느리가 그
위에 푸른 깁을 덮어 수를 놓은 뒤 다시 아래위로 여덟 마리 용
과 구름을 수놓아 이른바 〈팔룡수첩(八龍繡帖)〉을 만들었다. 그렇
게 만들어진 팔룡수첩은 시(詩)와 서(書)와 수(繡)가 아울러 뛰어
났다 하여 〈이씨삼절(李氏三絶)〉의 하나가 되었고 또 후손들은 〈전
가지보(傳家之寶)〉란 표지를 붙여 대대로 물려가며 전하고 있다.

　그렇지만 시로서 그때 내가 가장 득의해했던 것은 아마도 「학
발삼장(鶴髮三章)」이었던 듯하다. 이는 세 장(章)으로 된 고시(古詩)
인데 그걸 짓게 된 데는 애절한 사연이 있다.

　역시 내 나이 열여덟 이전의 어느 날 해 질 무렵이었다. 무슨 일

로 가까운 민촌(民村)을 지나다가 어떤 머리가 하얗게 센 할머니가 엎어지락자빠지락 하며 내닫고 한 젊은 여인이 뒤쫓으며 붙잡는 걸 보았다. 둘 다 울고 있는데 붉은 노을을 등지고 벌어지는 그 정경이 처연하기 짝이 없었다.

집에 돌아와도 종내 그 일이 잊혀지지 않아 이튿날 몸종을 풀어 알아보니 그 둘은 고부(姑婦)간이었다. 젊은 여인의 남편이 멀리 변방으로 수(戍)자리를 떠났는데 팔순의 어머니는 병이 들어 목숨이 오락가락하고 있었다. 전날 내가 본 것은 그런 노모가 그리움을 못 이겨 아들을 부르며 병석을 뛰쳐나오자 며느리가 뒤따라 나와 울며 말리는 정경이었다.

그 일을 들은 내 머릿속에는 옛 사람들의 새하곡(塞下曲: 전쟁터에서의 노래)이나 오가(吳歌: 오나라 지역의 슬픈 노래)와 같은 시상이 떠올랐다. 죽음을 앞둔 늙은 어머니가 아들을 그리는 애절함과 군역(軍役)으로 민초들이 겪어야 하는 살이의 고단함이 어우러져 곧 세 장의 사언고시(四言古詩)로 흘러 나왔다.

학같이 센 머리로 병들어 누웠는데
아들은 만리 먼 길을 떠났구나.
만리 밖 수자리 간 내 아들아
네 돌아올 날은 언제이러뇨

학같이 센 머리로 병을 안고 바라보니
서산 붉은 해는 이제 막 지려 하네
두 손 모아 하늘에 빌고 또 빌어봐도
하늘은 어찌 이리 아득하기만 한가.

학같이 센 머리 병마저 무릅쓰고
일어났다 쓰러졌다 아들을 찾네
애절한 그리움 이제 저 같으나
옷자락 떨치며 떠났으니 어찌하리.

鶴髮臥病

行子萬里

行子萬里

曷月歸矣

鶴髮抱病

西山日迫

祝手于天

天何漠漠

鶴髮扶病

或起或踣

今尙如斯

絶骨何若

　　고시(古詩)의 맛은 간결하면서도 깊은 함의(含意)에 있다. 이 시
는 밖으로 알려지면서 여러 가지로 과분한 상찬을 들었다. 어떤
이는 백낙천의 「사부미(思婦眉)」에 견주기도 하고 더 나아가서는
민중시(民衆詩)로 추켜세우기도 한다. 고맙지만 감당하기 어려운
과찬이다. 그때 나는 틀림없이 민초들의 어려운 삶을 마음아파하
고는 있었지만 그들이 그렇게 살지 않으면 안 되도록 하는 세상의
구조나 제도에 대해서는 의혹이 없었고 그들과 함께한다는 의식
같은 것은 더욱 없었다.

　　그러나 내게도 자랑은 있다. 유협(劉勰=『文心雕龍』의 저자)은 시
를 지(持)라고 말하였다. 지(持)를 시인이 일생 안고 가꾸어가는 정
의(情意)라고 소박하게 이해한다면 이 「학발삼장」은 바로 그 지를
얻은 시이다. 그때 보인 어려운 이들에 대한 내 동정과 연민은 일
생 유지되어 기회만 주어지면 작으나마 배풂으로 나타나게 된다.

　　형식의 아름다움도 나름의 성취를 보여주고 있다. 내가 쓴 시
중에서 하나만 남기라면 나는 아마도 이 「학발삼장」을 고를 것이

다. 내가 그때 한창 익어가던 초서(草書)로 이 시를 쓰고 그 뒤에는 그것을 짓게 된 동기까지 보태 따로 시첩(詩帖)을 만들어둔 것도 그런 내 애착에서 비롯되었다.

뒷날 아버님 경당은 그 시첩도 내 아들들에게 전해 주셨다. 후손들은 그 시첩에 좋은 종이로 겉장을 만들고 〈학발시첩(鶴髮詩帖)〉이란 제첨(題簽)을 붙여 팔룡수첩과 나란히 전가지보(傳家之寶)로 삼았다. 그러나 그 시첩이 전가지보가 된 데는 나의 또 다른 성취와 관련이 있다.

나는 문자를 배움과 아울러 글쓰기도 익혔다. 서예는 학문과는 달리 아녀자들에게도 장려되는 교양이어서 나는 일찍부터 두터운 바탕을 이룰 수 있었다. 그러다가 학문이 허용되어 드러내 놓고 지필(紙筆)을 가까이할 수 있게 되자 성취는 더욱 빨라졌다.

돌이켜보면 스승이 따로 있는 것도 아니었고 좋은 법첩(法帖: 서예교본)도 흔치 않은 시절이었으나 서예에 대한 내 정성과 몰두만은 누구에게도 지지 않았을 성싶다. 나는 아버님을 졸라 어렵게 구한 법첩과 탁본들을 스승 삼아 홀로 육서(六書=草 藝 行 篆 楷 隷)를 익혀나갔다. 한창 글씨에 재미를 붙여가던 열서너 살 적에는 계절이 어떻게 바뀌는 줄도 모르고 묵향 속에 취해 지낸 적도 있다. 어릴 적에는 이따금씩 내 임모(臨摹)를 도와주시던 아버님도 그 무렵에는 그런 내 진전을 흐뭇해하시면서 가만히 내려다

보시기만 했다.

그러다 보니 대략 내 나이 열여섯 무렵에는 육서에 두루 잘 쓴다 소리를 들을 만해졌다. 하지만 아무래도 내 가장 큰 성취는 행서와 초서에 있었던 듯하다. 특히 초서는 아버님께서도 진작부터 고개를 끄덕이실 만큼 되었다.

아버님의 지우(知友) 중에 호를 청풍자(淸風子)로 쓰시는 정윤목(鄭允穆)이란 분이 있다. 임란 때 좌의정으로 계시면서 충무공 이순신을 힘써 구해 주신 약포(藥圃) 정탁(鄭琢) 대감의 셋째 아들로 경서에 두루 통하고 문장에 뛰어나신 분이었다. 글씨도 육서를 두루 잘 썼는데 그중에도 초서는 당대 첫손가락에 꼽히었다.

일찍이 광해군이 그 학덕과 명망을 듣고 여러 번 불렀으나 청풍자는 광해조(光海朝)의 어지러운 정치를 꺼려 부름에 따르지 않았다. 고향인 예천 삼강(三江)에서 시와 술을 벗삼아 한가롭게 지내면서 인근의 이름난 선비들과 사귐을 즐겼다. 나중 인조반정이 있은 뒤에도 끝내 벼슬길에는 나가지 않고 산림에서 일생을 마치니 실로 맑은 바람[淸風]이라는 그 호에 어울리는 삶이었다.

그런데 어느 날 그 청풍자가 아버님을 보러 왔다. 멀리서 온 귀한 벗을 맞으신 아버님은 며칠 동안 제자조차 받지 않으시고 고담준론을 나누셨는데 그 끝에 이야기가 글씨에 미쳤다. 그때 아버님은 내가 초서로 써둔 적벽부(赤壁賦)를 슬그머니 내보이시면서 말씀하셨다고 한다.

"이 글씨가 어떤지 좀 봐주게. 아직 미숙한 딸아이가 쓴 것이라 대가인 자네의 강평과 지도를 받고 싶네."

그러자 놀란 눈으로 그 글씨를 보던 청풍자는 아버님으로 하여금 나를 불러들이시게 했다. 내가 영문 모르고 사랑으로 불려 들어가자 청풍자가 물었다.

"이 글을 정녕 네가 썼단 말이냐?'

그러고는 지필을 꺼내 직접 써보게 했다. 내가 마지못해 몇 자 써 보이고 나오자 청풍자는 아버님께 말했다고 한다.

"나는 처음 이 글씨를 우리 동국(東國) 사람이 쓴 게 아니라고 보았네. 필세가 힘차고 호기로운 게 대국의 명필쯤이라도 되는 줄 알았는데 자네의 어린 여식이 쓴 것이라니 그저 놀라울 뿐이네."

하지만 그 적벽부는 지금 남아 있지 않다. 다만 초서로 된 〈학발시첩〉만 어떻게 남아 있다가 오랜 뒤에야 내 아들들에게 전해졌다. 그런데도 청풍자란 이름이 부풀려 놓은 소문은 세월을 돌고 돌아 『근역서화징(槿域書畵徵)』 같은 옛 책에서뿐만 아니라 근세의 위당(爲堂=정인보)이나 노산(鷺山=이은상) 같은 이의 글에서도 내 글씨 이야기가 나온다.

어린 욕심에서였겠지만 그림에서도 나는 약간의 성취가 있었다. 우리 시대에는 문인화(文人畵)라 하여 그림도 선비의 교양에 들어 있었다. 나의 그림도 출발은 그 문인화에서 비롯되었다. 그러나 문인화는 범위가 좁고 정해진 규범에 갇혀 있어 내 욕심에는 차지 않았다. 사군자(四君子)에서 조충화훼(鳥蟲花卉)로 넓혀져 간 내 그림은 용호(龍虎)와 산수(山水)에서 제법 볼 만한 경지를 이루었다.

내 그림은 특히 낙화(烙畵)에서 사람들의 이목을 끌었다. 낙화란 달군 인두로 목판을 지져 그려내는 그림이다. 화선지에 번지는 먹의 은근함은 없으나 바탕의 나뭇결과 달군 쇠에 지져진 자국이 어우러져 빚어내는 산수도 나름의 아름다움과 멋이 있다.

그렇지만 시나 글씨보다 더 종적을 찾을 수 없는 게 내 그림이다. 이제 남겨진 것은 호랑이를 비롯한 두어 점의 소품(小品)뿐, 당시에 성가 높았던 낙화 산수는 한 폭도 찾아볼 길이 없다.

그 밖에 성취랄 것까지는 없어도 어느 정도 조예를 얻었던 것으로는 의약(醫藥)이 있다. 신농씨(神農氏)가 백초(百草)를 맛보아 약을 분별해 낸 이래로 의약 역시 선비가 마땅히 지녀야 할 교양의 일부가 되었고 나도 시작은 그랬다. 그러나 나중에는 제법 본초학(本草學)을 말할 수 있었고, 특히 동의(東醫)는 구급(救急)을 당하면 베풀 줄도 알았다.

버리기 ― 새로운 선택

그런데 이제쯤은 너희에게도 묻고 싶은 일이 있을 것이다. 그토록 다양한 내 성취에도 불구하고 어찌하여 사임당(師任堂)이나 난설헌(蘭雪軒)처럼 널리 알려지지도 못하고 그 남겨진 자취조차 적은가 하는 물음이 그러하다. 이제 그런 물음에 답할 때가 되었다. 조선 후기 삼백년 내내 정치 권력에서 소외당해 온 남인(南人)의 영수를 내가 낳고 길렀다는 것도 그 원인의 일부를 이루지만 그보다는 나의 두 번째 선택이 더 큰 원인이 될 것이다.

가당치도 않는 학문의 길과 거기에 따르는 여러 기예의 연마에 몰두하여 세월을 보내는 사이에 나는 어느덧 열여덟이 되었다. 여자 나이 열여덟에 미혼이라면 당시로는 과년하다고 말할 수도 있었다. 주위를 둘러봐도 또래의 규수들은 모두 출가하고 더러는 해산을 위해 친정을 다녀가기도 했다.

이제 너희에 이르러서는 많은 게 달라졌지만 그 시절의 여자들에게 혼인은 삶의 확정이란 의미를 가졌다. 삶의 성패와 행(幸) 불행(不幸)은 다만 결혼 뒤의 세월에 따라 결정되며 결혼 전의 삶은 미정(未定)이요 유예(猶豫)일 따름이었다. 따라서 내 삶이 남들보다 오래 미정과 유예 속에 남아 있다는 것은 당연히 남들의 주의를 끌었다. 그중에서도 어머님은 하마 내 나이 열여섯을 넘기면서 불안을 나타내셨고 열일곱을 넘기게 되자 근심의 빛까지 띠셨다.

그렇지만 내가 자신의 선택을 다시 한번 되돌아보게 된 것은 그 같은 미정과 유예가 준 부담 때문만은 아니었다. 그보다는 갈수록 막막해지는 내 길의 끝이 조금씩 불안해졌고 내가 바치는 노력과 열정의 효용이 의심스러워져서였다는 편이 옳다.

그도 그럴 것이, 나와 비슷한 시기에 배움을 시작한 동학(童學)들은 그 사이 자라 모두 관자(冠者)가 되고 개중에는 향시(鄕試)를 거쳐 소과(小科)에 입격(入格)한 이도 있었다. 또 어떤 이는 일찍부터 사림(士林)에 뜻을 두어 오로지 학문에만 전념하기도 했다. 그러나 여자인 내게는 그 어느 쪽도 바랄 수 있는 것이 못 되었다.

닦은 재예(才藝)도 그것만으로는 삶을 온전하게 채울 수 있는 것은 없었다. '여자가 시사(詩詞)에 찬란함은 창기(娼妓)의 본색'이란 말이 보여주듯이 시문에서의 작은 성취도 나이가 들수록 힘든 짐으로 변해 갈 뿐이었다. 창기가 아니면서도 시문을 남긴 이로는 사임당 신씨와 난설헌 허씨 같은 이들이 있었으나 사임당이 우러름을 받는 것은 시문 때문이 아니었고, 난설헌의 삶은 양가의 규수에게는 아무런 참고가 되지 못했다. 글씨도 그러했고 그림도 그랬으며, 의약은 더욱 그랬다. 이룩하면 진기한 성취가 되지만 그 자체만의 가치와 목적은 획득하지 못해 어떤 경우에도 삶에 갈음할 수는 없는, 한 여기(餘技)일 뿐이었다.

나를 가르치시는 아버님의 목소리도 갈수록 힘을 잃어갔다. 경전을 가르치시다가도 자구(字句) 해석을 넘어 심오한 논변으로 들어가게 되면 문득 가슴 깊은 곳에서 우러나는 한숨과 함께 탄식하시기 일쑤였다.

"우리 집이 복이 없어 네 한 몸이 여자로 났단 말가⋯⋯."

잘된 시문이나 글씨, 낙화를 보실 때도 마찬가지였다. 특히 당신이 득의해하시는 역리(易理)에 이르면 아버님은 더욱 드러나게 허망감을 나타내셨다.

"어렵게 깨우친다 한들 이 어디 쓸꼬. 네 정성이 가긍할 뿐이로구나⋯⋯."

내 어린 욕심에 가리워져 있던 삶의 진상은 그렇게 점점 뚜렷해져 갔다. 거기다가 나이가 찰수록 더해지는 결혼의 중압은 나를 한층 자신 없게 만들었다. 어쩌면 시대와 성(性)을 무시한 내 선택은 처음부터 잘못된 것이었는지 모른다. 그 선택 안에서 나는 앞서가고 이룩한 편이었으나 나의 성에 예정되어 삶 쪽에서 보면 오히려 뒤지고 이루지 못한 축이 될지도 모른다 — 요샛말로 하면 그쯤 되는 불안이었다.

그러다가 내 나이 열여덟 되던 해 새로운 선택을 재촉하는 일이 집안에 생겼다. 그해 봄 어머님께서 윤감(장티푸스)을 앓게 되신 게 그랬다. 나중에 장질부사라고도 불린 윤감은 오늘날도 여전히 큰 병이기는 하지만 목숨이 위태로울 만큼 무서운 병은 아니다. 그러나 당시에는 그 자체로도 열에 대여섯이 죽는 무서운 병인데다 길고 까다로운 회복 기간이 있어 구료(救療)에 어려움이 많았다.

어머님이 그 윤감에 걸려 눕게 되시니 그동안 모르다시피 지내 온 집안일이 일시에 내 어깨를 눌렀다. 우리 집안은 원래 아버님 어머님에 나까지 합쳐 세 식구만의 단촐한 살림이었다. 그러나 원근에서 가르침을 받으러 몰려드는 제자들과 유생들에다 사흘이 멀다하고 찾아드는 아버님의 벗들로 언제나 분주했다.

안팎으로 종들이 두엇 있어 거든다 해도 접빈객(接賓客)의 힘든 일은 거의가 안주인의 몫이었다. 집안을 닦고 비질하고 손님을 맞는 데[灑掃應對]서부터 음식 수발이며 정성(작은 선물. 주로 음식물임) 마련, 적바람(보내온 물건에 대해 고맙다는 인사 편지), 배웅에 이르기까지 종들에게 맡길 일은 그리 많지가 않았다. 그 모두에 어머님을 대신하고 안살림은 안살림대로 따로이 꾸려가야 하니 서책 한 번 못 펴고도 하루해가 짧을 지경이었다.

처음 집안일을 도맡게 되면서 나는 한동안 그런 일에 골몰해 일생을 보내야 하는 여자의 삶이란 것이 한심스럽게 느껴졌다. 이 무슨 낭비란 말인가. 성현의 귀한 말씀을 읽을 틈도 없고 새로운 걸 배워 알 틈도 없다. 시문으로 가슴속의 아름다운 정의(情宜)를 풀어볼 수도 없고 붓끝으로 공교로운 재예를 펼칠 길도 없다. 그러면서 아무런 생산도 없는 이 허망한 몸과 마음의 소모라니.

그러자 내 마음의 눈길은 아직 겪어보지 못한 삶에까지 미쳤다. 지아비에게 바쳐야 할 정성과 헌신, 회임과 출산의 고통이며 양육의 성가시고 힘듦, 시부모를 모시고[事舅姑] 제사를 받드는 일[奉祭祀]의 까다롭고 번다함 — 머잖아 친정을 떠나 남의 아내되고 어머니되고 며느리되고 자손되어 겪게 될 여자의 삶이었다. 나는 곧 그때까지 알고 있던 고귀함이나 거룩함과는 무관하고 아름다움이며 참됨과도 얼른 연결이 안 되는 세월의 낭비가 나를 기다리고 있다는 생각에 암담해졌다.

여자로서의 삶이 암담하게 느껴지면서 남자의 삶은 더 크고 화려하게 비쳐왔다. 자질구레하고 빛 없는 일에서는 나면서부터 해방되어 있는 삶. 복종과 헌신의 요구를 권리처럼 타고난 삶. 노동은 언제나 생산으로 나타나고 생각은 빛나는 자취로 남는다…….

주로 아버님과 어머님의 삶을 비교하여 얻어낸 남자의 모습이지만 한때 나는 거기에 강한 반발까지 느꼈다. 이 무슨 그릇된 세상인가. 공평하지 못한 역할의 배분인가.

하지만 따지고 보면 내 첫 번째 선택도 아주 무용하지는 않았다. 차차 집안일이 몸에 익어 고단함이 줄어들면서 그동안의 배움이, 여러 밝고 어진 이들의 말씀과 본보기가 내 마음속에서 빛을 뿜기 시작했다. 나는 그 빛에 의지해 치우침이 없는 안목으로 세상을 보고 비틀림 없는 이로(理路)를 따라 그 짜임을 풀이해 보았다.

먼저 세상이 이렇게 만들어졌을 때는 이렇게 되어야 할 까닭이 있었으리라는 것, 그 까닭을 모른다 해서 까닭이 없다거나 그릇되었다는 근거는 아니라는 것이 세상에 대한 무턱댄 반발을 가라앉혀 주었다. 이어 남녀의 위치를 바꾸어 봄으로써 어느 쪽도 거부할 수 없는 그 까닭을 나는 더 강하게 추측할 수 있었다. 어떤 일은 신체의 구조나 기능 때문에 대체가 불가능하고 어떤 일은 대체가 가능해도 현저하게 효율이 떨어진다.

혹시 힘을 가진 남성들이 그 까닭을 자신들에게만 유리하게 과장하지나 않았는가, 그래서 그런 과장의 누적이 여성들에게 불리한 제도로 나타나지 않았는가 하는 의심은 있었다. 하나 그때만 해도 여성의 능력이 제대로 증명되어 본 적이 없어 자신 있는 답은 얻을 수가 없었다.

이로가 막힐 때 흔히 의지하게 되는 것은 사례(事例)의 관찰이다. 나는 다시 어머님께로 돌아와 그 문제를 생각했다. 어머님이 복종을 굴욕으로 여기시고 봉사를 손익으로만 따져 내조를 거부했을 때, 혹은 당신이 좋아하시는 어떤 일에 몰두하시어 아버님께 가사(家事)의 분담을 요구해 오셨을 때 과연 춘파의 경당이란 선비가 있을 수 있었을까. 아버님께 학문적인 깊이와 수양의 두터움을 준 그 여가와 마음의 평온과 집중이 허용되었을까. 출산의 고통이 두렵고 기르는 성가심이 싫어 나를 낳고 기르지 않았다면 나는 어디에 있을까. 나의 고상한 선택과 그 선택이 품었던 꿈은 어디서 피었을 것이며 우아하고 기품 있는 규수로서의 나날은 어떻게 유지될 수 있었을까. 할아버지 할머니의 노년은 조시는 듯한 평안 속에 마감할 수 있었을 것이며 조상의 영혼들인들 따뜻한 흠향을 누리실 수 있었을까.

볼 수 없고 들을 수 없고 만질 수 없어도 존재하는 것이 있음을 아는 것이 사람의 귀함이다. 사람이 가장 높이 치는 가치는 오히려 그렇게 몸으로는 느낄 수 없는 형태로 존재하는 것들이다. 참됨이 그러하고 아름다움이 그러하고 착함이 그러하고 거룩함이 그러하다.

가정 안에서 아내와 어머니로서 하는 여성의 생산은 대개가 볼 수도 없고 들을 수도 없고 만질 수도 없는 것들이다. 출산은 생산의 원형이기는 하지만 거기서도 더욱 중요한 것은 한 새로운 존재를 이 세상에 끌어내는 일보다는 그 뒤에 이어질 수십 년의 양육이란 보이지 않는 생산이다. 그런데도 여성의 생산은 생산이 아니며 거기에 바친 노고는 인생의 낭비라고 말할 수 있는가. 더구나 그 생산은 누군가 하지 않으면 세상이 유지될 수 없다.

그러자 생각은 다시 내가 이미 했던 선택과 성취 쪽으로 돌아왔다. 이 선택과 성취가 세상에 내놓을 생산도 오래전부터 널리 그 가치를 인정받아 온 것들이다. 앞으로 긴 세월 학문에 정진하면 나는 사람의 본성과 우주의 원리에 대해 앞선 사람들이 모르던 것을 더 알아낼 수 있을지도 모른다. 더욱 아름다운 시문을 지을 수도 있고 더 좋은 글씨와 그림을 남길 수도 있다 — 아직은 여자에게 그런 삶이 허용된 적이 없다는 걸 알면서도 내 어린 선택은 대단찮은 그 성취에 집착을 보였다.

하지만 내 배움이 헛되지 않아 그 집착과 미련은 오래가지 않았다. 어차피 두 가지를 함께 추구할 수 없다면, 결국 어느 한쪽을 우선시키지 않으면 안 된다면 내 선택은 바뀌는 수밖에 없었다. 이어지는 세상이 없다면 무엇을 남긴들 무슨 소용이 있겠는가. 아니 그 이상, 아내로서 이 세상을 유지하고 어머니로서 보다 나은 다음 세상을 준비하는 것보다 더 크고 아름다운 일이 어디 있겠는가.

그리하여 그해 늦가을 마침내 어머님이 자리에서 일어나셨을 때 나는 또렷이 아뢸 수 있었다.

"시 짓고 글씨 쓰는 일은 여자로서 반드시 해야 할 일은 아닌 듯합니다. 이제부터는 안채와 부엌을 떠나지 않고 여자의 본업을 배우겠습니다."

실로 그랬다. 나는 그날로 지난날의 선택을 감연히 버렸다. 서책은 사행(女有四行＝婦德 婦言 婦容 婦功)에 관한 것을 빼고는 모두 사랑채로 올리고 시문과 글씨와 그림은 이미 남에게 주어버린 것 외에는 모두 살라 없앴다. 그나마 「소소음」과 「성인음」, 그리고 「학발시첩」이 남게 된 것은 아버님께서 말려 주신 덕분이었다.

하기야 이 새로운 선택에 대해서도 그것은 선택이 아니라 순응이었을 뿐이라고 이의를 다는 사람이 있을 것이다. 그 길로는 더 갈 수가 없어 시대가 허용하는 길로 갔을 뿐이라고, 잘해야 현실과 타협한 것에 지나지 않는다고.

틀림없이 그런 면도 있다. 만약 나의 시대가 남자가 여자의 보살핌을 받아야 할 필요가 없을 만큼 문화적 기술적으로 발전되고, 국가가 어머니보다 더 영양이 풍부한 식단과 전문적인 교육 능력으로 육아를 맡아주며, 사회 보장 제도가 늙은 부모를 즐겁고 편안하게 모셔준다면 나도 나의 첫 선택을 지켜갔을지 모른다. 그러나 다시 말하지만 우리가 이 세상에서 하는 선택 중에 상황이나 여건에서 온전히 자유로운 선택이란 게 과연 있던가. 더군다나 그 어떤 세상이 온들 남녀가 서로를 보살피고 다독이며 조화롭게 세상을 유지하고 그 자녀들을 통해 보다 아름답고 살기 좋은 다음 세상을 준비하는 일보다 더 큰 일이 있을 수 있겠는가. 나는 그때 바로 그 일을 새로운 선택으로 껴안았다.

나라골 이진사(李進士)

나는 열아홉 나던 광해 8년 영해부(寧海府) 나라골[仁良里] 재령 이씨 가문으로 출가했다. 군자의 이름은 시명(時明)이요 자는 회숙(晦叔)인데 뒷날 호를 석계(石溪)로 쓰셨다. 너희는 내가 남편을 군자로 높여 존대함을 양해하라. 나에게는 일생을 공경하는 손님처럼 대했던 분이니 아니 계신다고 어찌 함부로 이르랴.

당시의 혼인은 남녀의 개별적인 만남이라기보다는 가문과 가문의 연결이란 측면이 강했다. 따라서 신랑신부는 첫날밤에야 비로소 서로의 얼굴을 보게 되는 게 상례였다. 그런데 그 점에서 군자와 나는 달라 혼전에 이미 서로의 얼굴을 본 적이 있을 뿐만 아니라 신상(身上)도 대강은 알고 있었다.

내가 군자를 처음 뵈온 것은 열 살 이쪽 저쪽의 일로 군자께서 아버님 경당의 문하에 드시던 날이었다. 도굴산(闍窟山)에서 글을 읽으시다가 도산 이부자(李夫子)의 도학(道學)을 들으시고 그 적전(嫡傳)의 맥을 짚어 검제에 이르시게 된 것이라 했다. 뒷날의 인연에 끌려서였는지 어린 마음에도 훤출하면서 기품 있는 군자의 용모가 인상 깊게 남았다.

아버님도 그 새로운 제자를 받고 몹시 기뻐하셨다. 그날 안채로 돌아오신 아버님이 흐뭇하신 표정으로 군자에 관해 오래 말씀하신 까닭에 나도 알게 된 게 많다. 거기다가 본가가 있는 영해 나랏골이 우리 검제에서 이백 리가 넘는 곳이라 군자께서도 짧게는 며칠이요 길면 몇 달씩 검제에 머물며 아버님의 강론을 듣는 일이 많았다. 그 바람에 나는 군자의 학문이며 행신(行身)이며 가문에 대해 더욱 소상하게 알 수 있었다.

군자께서는 뒷날 내 시아버님이 되신 운악공(雲嶽公) 휘 함(涵)과 정부인(貞夫人) 진성(眞城) 이씨 사이에 셋째아들로 태어나셨다. 운악공은 실직(實職)으로는 김천도(金泉道) 찰방(察訪)으로 시작하시어 의령(宜寧) 현감에 그치셨으나 대과(大科)에 두 번이나 급제하신 별난 이력을 지닌 분이셨다. 나중에 이조참판에 추증되신 까닭에 참판공이라고도 불린다.

군자께서는 어려서부터 재질이 뛰어나고 기절(氣節)이 있으시어 사람들의 기대를 모은 만큼 일화도 많았다. 혼인 전에 들은 얘기 중에 특히 기억에 남는 게 셋 있다.

그 첫 번째는 군자께서 열두어 살 났을 때의 일이다. 그때 군자께서는 조부님이신 승지공(承旨公)을 따라 서울에 머무르고 계셨다. 집이 저잣거리에 가까워 시끄러울 뿐만 아니라 시정잡배들의 오감이 많았다. 그러나 군자께서는 깊은 산중에 있는 듯 아침부터 저녁까지 단정하게 앉아 책읽기에만 힘쓰니 보는 사람들이 모두 기이하게 여겼다. 그중에도 그 저잣거리를 떼지어 휩쓸며 주먹을

휘두르던 건달 패거리가 있었는데 저희끼리 말하기를,

"저 아이는 어떻게 생긴 물건이기에 이 번잡한 저잣거리에 살면서도 학문에 힘씀이 저와 같은가. 그게 한낱 겉꾸밈이 아닌지 지켜보리라."

하며 시일을 두고 군자를 살폈다. 그러나 몇 날이 지나고 몇 달이 지나도 군자의 근신하고 정진하는 모습이 변함이 없자 어느 날 잘 익은 복숭아를 바치며 말했다고 한다.

"도령님의 근고(勤苦)하심이 이 같으니 장차 귀히 되실 분이십니다. 저희가 비록 주먹질로 저잣거리를 휩쓸고 다니는 무리이긴 하나, 작은 정성으로 여겨 받아주십시오."

두 번째는 군자가 열여덟 때의 일이다. 시아버님 운악공이 의령 현감으로 외직(外職)을 사시게 되니 군자도 따라갔다. 하루는 망우당(忘憂堂) 곽재우(郭再佑) 선생이 운악공을 만나러 왔다가 군자께서 근신하며 면학에 힘쓰시는 것을 보고 감탄해마지 않으며 이르셨다고 한다.

"내가 보니 관직에 있는 이의 자제들은 하나같이 주색잡기에 빠져 서로 다투지 않음이 없었다. 그런데 그대는 학문과 절조를 숭상함이 이 같으니 그런 무리와는 견줄 수 없는 품위를 지녔구나."

세 번째는 군자께서 이미 장성하여 진사과에 오른 뒤의 일이다. 무슨 일로 서울에 가시게 되었는데 그때 이조판서로 있던 우복(愚伏) 정경세(鄭經世) 선생이 군자의 재질을 사랑하여 집으로 불렀다. 군자께서 찾아뵈니 기다리고 있던 우복 선생께서 군자의 등을 쓸 듯하며 은근하게 권하셨다.

"그대의 명성을 들은 지 오래인데 이제 다행히 서로 보게 되었구나. 내 사위 송군(宋君) 준길(浚吉)이 이곳에서 거자(擧子=과거 보는 선비)의 글을 익히고 있으니 그대도 여기 머물면서 내 사위와 교유해 봄이 어떤가?"

당대의 거유(巨儒)요 시임(時任) 이조판서인 우복 선생의 권유이니 어지간한 선비면 기쁘게 받아들였을 것이다. 그러나 군자께서는 공손하게 사양하셨다고 한다.

"선생께서는 유림의 사표(師表)이시고 동남(東南=영남 南人)의 영수(領袖)이시니 우리들 소학(小學)이 누군들 문하에 나아가기를 원치 않겠습니까? 다만 이제 전형(銓衡=이조판서의 별칭. 사람을 뽑아 쓰는 자리라는 뜻에서 나옴)을 맡으시어 요직에 계신데 제가 선생의 사위분이 있는 집에 들어 친함을 도모한다면 천하의 곧은 선비들이 비웃을 것입니다."

그러자 우복 선생은 군자를 더욱 애중히 여기시어 긴 시간 함께 천도(天道)를 논하셨으며 나중에는 그 일을 경연(經筵)에서까지 진달(陳達)하셨다고 한다.

이같이 군자께서는 여럿의 아낌과 기대를 모았고 어린 나도 흠모의 눈으로 우러른 적이 있으나 나와 혼인으로 맺어질 줄은 조금도 예측하지 못했다. 그도 그럴 것이 군자께서는 아버님의 문하를 찾아오실 때 이미 성가(成家)한 몸이셨기 때문이다.

군자께서는 열아홉 나시던 해에 예안현(禮安縣) 외내[烏川]의 명문 광산 김씨 문중으로 출입했다. 규수는 역시 당대의 이름난 선비 근시재(近始齋) 김해(金垓) 선생의 따님이었다. 들리는 말로는 군자를 도산(陶山)의 심학으로 이끈 이가 바로 빙장되시는 근시재 선생이었다고 한다.

아버님께서도 처음에는 군자를 그저 앞날이 기대되는 제자로만 받아들였을 것이다. 그러나 군자가 스물다섯에 상배(喪配)하시면서 아버님의 뜻도 달라지신 듯하다.

그때 나는 한창 나이 열여섯이었다. 세상이 알아주는 경당 선생의 외딸이요 재주 있다는 소문에 용색(容色)이 반드시 추루한 것도 아니어서 사방에서 혼담이 일었다. 그런데 그 모두를 마다하시고 나를 열아홉까지 미혼으로 잡아두신 까닭은 아마도 군자의 탈상(脫喪)을 기다리기 위함이셨던 듯하다.

하지만 혼인이란 상대가 있는 일이라 아버님의 뜻이 아무리 간절하셔도 저쪽이 응해 주지 않으면 어쩔 수가 없었다. 그런데 고지식한 군자는 아버님께서 은근히 눈치를 주셔도 알아차리시지를 못했다. 배필을 잃은 슬픔도 잊으시고 말없이 학문에 정진하실 뿐이었다.

기다려도 청혼이 없자 마침내 참지 못한 아버님께서 먼저 군자를 부르셨다고 한다. 스승의 부름을 받고 공손하게 무릎 꿇은 군자께 아버님이 불쑥 말씀하셨다.

"이 사람아, 보다시피 내 딸이 혼기를 놓쳐 과년하니 자네가 마땅한 사윗감 좀 구해 주지 않겠나?"

"선생님께서는 그런 큰일을 하필 저에게 물으십니까?"

스승의 속뜻을 알지 못하신 군자께서 여전히 고지식하게 반문하셨다.

"자네가 미더워서 하는 말이네. 생각해 보게. 어디 좋은 사위감이 없겠나?"

"사위감이…… 어떠했으면 좋겠습니까?"

군자께서 마지못해 그렇게 머뭇거리며 물으시자 아버님께서는 한 번 더 능청을 부리셨다.

"신언서판(身言書判)이라고 하지 않나. 이 경당의 사위이니 첫째로 학문이 제대로 갖춰져 있어야겠지. 벼슬이야 하건 말건 사마시(司馬試)쯤은 입격해야 하고……."

"또 무엇이 있습니까?"

"가문은 시들어가는 명문(名門)보다는 차라리 기세 좋게 뻗어

나는 토반(土班) 쪽이 낫겠네. 행신(行身)도 반듯했으면 좋겠고……
인물 역시 여럿 속에 있어도 눈에 띨 만은 해야지."

아버님께서 그렇게 늘어놓으시니 군자께서 이번에는 걱정 가득
한 얼굴로 물으셨다 한다.

"그런 사람이…… 세상에 잘 있겠습니까?"

"왜, 바로 자네가 있지 않나?"

아버님께서 기다리셨다는 듯 그렇게 반문하셨다. 그제서야 군
자께서도 스승의 뜻을 알아듣고 황망하여 목소리를 떨었다.

"그러시다면 저같이 여러 가지로 모자라는 사람도 따님을 마음
에 둘 수 있다는 뜻입니까?"

"자네가 어때서? 요즘 세상에 자네 같은 사람이 어디 쉬운가?"

"저는 천성이 게으른데다 자질마저 우둔하여 크게 학문을 이
룰 재목이 못 됩니다. 게다가 타고난 복마저 없어 벌써 한 지어미
를 떠나보낸 터인데 저 같은 놈에게 귀한 따님을 주시겠다는 말
씀이십니까?"

"실은 바로 그 말을 하고 싶어 자네를 불렀다네. 내 딸을 부탁
하네. 제대로 가르치지는 못했으나 남의 눈에 벗어나는 일은 없
을걸세."

아버님께서는 그렇게 혼사를 매듭지으셨다고 한다. 어떻게 두
분, 앞날의 옹서간이 은밀히 나눈 얘기가 밖으로 흘러나갔는지는

알 수 없지만 이 이야기는 친정 동리에 널리 퍼져 있다. 뒷날 부군의 술회도 내가 처녀 적 들은 이 이야기와 크게 다르지 않았다.

따로이 매파(媒婆)를 놓을 것도 없이 부군께서 돌아가 운악공께 아버님의 뜻을 전하니 운악공도 기꺼이 그 뜻을 받아들이시어 내 혼사는 거칠 것 없이 진행되었다. 나중에 다시 말하겠지만, 운악공의 욕심으로 미뤄 보면 오히려 그 혼사는 감히 청하시지는 못해도 마음속으로 바라 마지않으시던 일이었을 것이다.

오늘날의 너희 눈에는 처녀의 몸으로 상처한 홀아비의 재취(再娶)가 되는 일이 마땅치 못하게 비칠는지 모른다. 더구나 그때 군자께는 이미 광산 김씨 소생의 어린 남매가 있었다. 그러나 당시의 법도로는 아무것도 흠될 일이 아니었고 나도 당연히 그 법도를 받아들였다. 젊어 죽은 김씨는 무덤까지 함께 쓸 수 있는 또 다른 나였으며 그녀가 끼친 남매는 바로 나의 자식이었다.

해를 넘기지 않으시려는 아버님의 배려와 잇단 상사(喪事)로 주부(主婦) 자리가 비어 있는 나랏골 시집의 급한 형편이 겹쳐 혼례는 그해 가을에 치러졌다. 그리고 재인행(再引行)의 형식을 빌어 혼례 후 사흘 만에 나는 나랏골로 향하는 이백 리 가마길에 올랐다. 그것은 또 내가 새로운 선택과 그 성취를 향해 떠나는 길이기도 했다. 가마창 밖으로 훔쳐본 가랫재(안동에서 영해 쪽으로 가는 길에 있는 높고 험했던 재)의 단풍이 눈부시던 계절이었다.

제2부

자미화(紫薇花)
그늘 아래서

세상의 고달픈 아내들에게

사람이 제도를 만들고 거기 참여하는 본래의 뜻은 이내몸에 이로움을 얻고자 하는 데 있다. 그러나 제도란 한번 만들어지면 자신의 생명과 운동 원리를 가지는 까닭에 언제까지고 그 이익이 개인의 이익과 일치하지는 않는다. 특히 제도가 자기 보존의 열정에 빠져 방어 본능을 한 권리로 휘두르기 시작하면 개인에게는 치명적인 억압 장치로 변질되기도 한다.

제도와 개인의 이익이 충돌할 때 어느 쪽을 우선시켜야 하는가는 그 시대의 상황이나 유행하는 이념에 따라 달라진다. 제도가 공동선(共同善) 또는 누구도 거역할 수 없는 지상 과제를 창안하여 그 시대 사람들을 설득하는 데 성공하면 괴롭지만, 개인은 그것을 위해 자신의 이익을 희생하지 않으면 안 된다. 반대로 개인이 비대해져 개인의 평안, 개인의 행복 위에 어떤 것도 인정하지 않으려는 사회가 되면 제도는 비웃음 속에 소멸될 수밖에 없다.

그런데 문제는 어떤 이유에서든 쉽게 소멸될 수 없는 제도와 또한 마찬가지로 쉽게 소멸되지 않을 개인의 충돌이다. 이를테면 국가나 법 같은 통치 제도는 이따금씩 무정부주의나 무위자연설(無爲自然說) 같은 주장에 강하게 도전을 받지만 없어지기를 기다리기는 어려운 제도이다. 개인의 자유 또한 어떤 가혹한 억압 속에서도 쉽게 포기되지 않는 욕구이다. 이 둘이 충돌할 경우 문제를 복잡하게 만드는 것은 무엇보다 그 어느 편도 완전한 우위를 주장할 수 없다는 점에 있다.

가까운 역사로 보면 사회는 대개 개인을 지지하는 쪽으로 발전해 온 듯 느껴진다. 그러나 안목을 길게 해 보면 우리는 또 다른 방향의 발전을 확인할 수 있다. 고대의 사회사는 제도의 발전사라고 해도 지나치지 않을 만큼 제도 지향적이다. 그리하여 전체로 짐작되는 것은 아직도 진행중인 변증(辨證)의 고리이며, 어쩌면 정치사 혹은 사회사는 그런 변증의 고리를 부연한 것에 지나지 않을는지도 모른다.

결혼 제도도 마찬가지다. 종족 보존의 본능과 성적 쾌락의 욕
구를 해소하는 과정에서 자연 발생한 것으로 보이는 결혼은 그 두
가지 목적을 안정되고 지속적으로 달성하기 위해 점차 인류의 특
징적인 제도로 자리 잡아 갔다. 그러나 다른 제도에서와 마찬가지
로 결혼도 그 목적과 기능을 이념화하게 되면서 점차 개인에 대한
억압 구조로서 모습을 드러내기 시작했다.

　거기다가 오랫동안 유지되어 온 남성 우위의 사회는 결혼 제도
를 여성에게는 더욱 견디기 어려운 억압 구조로 왜곡시켰다. 그런
남성 우위가 어느 정도 동의에 기반한 역할 분담이냐, 아니면 순
수하게 물리적 폭력에 의지한 비합리적 지배냐에 대해서는 다소
간 논의의 여지가 있지만 그것이 결혼 제도에 가한 왜곡은 거의
치명적이었다. 이른바 가부장적(家父長的) 가족 제도란 것으로서,
특히 유가적(儒家的) 이념과 결합된 이 땅에서의 지난 형태는 단
연 이채를 띤다.

　이 땅의 전근대적 결혼 제도에서 가장 심하게 왜곡된 것은 종
족 보존의 기능이다. 결혼의 중요한 목적이기도 한 종족 보존의 기
능은 남성에게는 권리로, 여성에게는 의무로만 분배되었다. 겉으
로는 '아버님 날 낳으시고 어머님 날 기르시니……'로 자못 정연하
게 분배되어 있는 듯해도 실제로는 낳는 고통도, 기르는 수고로움
도 모두가 여성의 몫이었다.

여성은 제 살과 피를 덜어내고 열 달의 불편과 짐스러움을 견디낸 뒤 어떤 모진 형벌보다 더한 고통 속에서 피 흘려가며 아이를 낳는다. 그러나 태어난 아이는 별로 힘들 것도 없는 원인을 제공한 남성의 것이 되고 오직 아이를 낳지 못하는 것만 '무자(無子)'란 항목의, 변명할 기회도 없이 내쫓길 죄가 된다. 또 아이를 기르는 일로 손발이 닳도록 수고롭고 애간장이 마르는 것은 여성이지만, 잘 자란 아이가 성취한 것은 오직 남성의 가계(家系)를 빛낼 뿐이고 잘못되면 먼저 손가락질 받는 것은 여성이다.

당연히 쌍방적이어야 할 정조 의무도 우위를 확보한 남성들에 의해 일방적으로 왜곡되었다. 난교(亂交)에 따른 혼란과 분쟁을 피하기 위해 약속된 이 신의성실(信義誠實)의 원칙은 오직 남성의 혈통 보전과 독점욕만을 위해 강화되었다. 남성들은 여러 편리한 예외 규정과 명분을 지어내고 그 약속을 어기면서, 여성들이 기억 밑바닥에 가라앉은 아득한 옛 자유를 되살려내면 무섭게 화를 내며 가혹하게 처벌하였다. 아니, 그 이상으로 성 자체를 억압하고 그 최소한의 욕구 해소를 위한 의사표시조차 비천하기 짝이 없는 것으로 몰아세웠다. 그러다가 마침내는 남성들의 약속 위반에 대한 항의조차 '투기(妬忌)'란 이름으로 가차없이 내쫓길 죄로 만들었다.

한 경제 단위로서 부부간에 이루어졌던 노동 분담도 차츰 억압 구조로 바뀌어갔다. 아득한 옛적 수렵과 채취의 시절처럼 남성들이 잦은 위험에 노출되거나 초기 농경 시절처럼 남성의 근골에서 우러난 힘이 생산에서 비교 우위를 지녔던 때에는 가사 노동을 여성이 전담하는 것이 합리적이었을지도 모른다. 그러나 그런 시절 혹은 그런 상황이 지난 뒤에도 여성의 가사 노동 전담은 움직일 수 없는 관례로 남았다. 하루 종일 남편과 나란히 들일에 시달리다 돌아온 농부의 아낙에게도, 사랑에서 빈둥거리는 유생(儒生)의 내자(內子)에게도 성가시고 궂은 집안일은 그네들만의 일로 떠맡겨졌다. 남성들은 자신들의 위엄과 관계된 금기를 지어내어 그 뒤로 숨어버리고, 근거 없는 의무로만 남은 그 가사 노동은 일방적인 강제 노역이나 다를 바 없었다.

그 같은 결혼 제도의 왜곡은 흔히 여성 문제의 일부로만 인식된다. 그러나 그 왜곡의 근원을 살피면 문제는 다시 제도 일반이 가지는 문제와 닿아 있고, 결국 우리가 겪은 전 시대의 왜곡은 결혼 제도가 전개하는 변증의 한 고리임을 알 수 있다. 동양적 가부장제가 의지하는 자기 확대 또는 집단적 성취의 이념 때문이다.

결혼이 오직 자기 자신만을 위한 것인가, 아니면 자기 아닌 다른 무엇에 바쳐져야 하는 것인가는 생각보다 답하기가 쉽지 않다. 오직 이기만을 추구한다면 언젠가 제도로서의 결혼은 소멸할 것이고, 초자아적(超自我的) 이념에 지나치게 기울어지면 결혼이 가진 원래의 의미는 제도나 제도가 설정한 집단 속에 매몰되어 버리고 말 것이다. 개인주의가 발달한 서구에서는 자신의 쾌락과 편의를 위해 배우자와 아이를 버리지만, 집단적 삶을 우선한 고대의 어떤 도시 국가에서는 그 국가에 튼튼한 구성원을 낳아주기 위해 자신의 허약한 배우자와 아이를 버렸다.

만약 결혼도 국가나 법처럼 인간의 어떤 특성이나 필요 때문에 쉽게 폐지할 수 없는 제도로 본다면, 그 또한 끊임없이 진행하는 변증의 고리라고 할 수 있을 듯싶다. 앞서 말한 그 두 극단을 정(正)과 반(反)으로 삼고 나와 내가 아닌 것의 조화라는 합(合)을 향해 진행하는 변증의 고리로, 우리가 방금 겪은 것은 바로 초자아적 이념이 우세했던 단계였다. 거기에 유가의 논리로 무장한 남성의 편의주의가 가세하여 여성에게 그토록 불리한 제도의 왜곡을 가져왔을 것이다.

그렇지만 다행히도 바람의 방향은 바뀌었다. 전 시대의 억압과 질곡은 끝나고 여성들은 제도 속에 매몰되었던 자아를 찾아나섰다. 이제는 누구도 이 세찬 흐름을 되돌려 놓지는 못할 것이다. 그런데도 너희를 보는 이 마음이 기껍기만 하지는 못한 것은 무슨 까닭일까.

우리는 역사에서 수많은 혁명의 밤을 찬연한 꿈으로 지새웠다. 그러나 아침이 되면 달라진 것은 통치자의 이름과 빼앗고 억누르는 구실뿐이었음을 환멸 속에 깨달아야 했다. 지나친 비관일지 모르지만 나는 결혼 제도를 둘러싼 의식의 혁명적인 전환에서도 같은 경험을 하게 될까 두렵다. 왜곡되고 경직된 전 시대의 이념에서 힘들여 벗어난 결혼과 가족 제도가 그대로 벌거숭이 이기(利己)에게 내맡겨지는 것 같아 불안하기 그지없다.

나도 너희들 중에 진지하고 성실하게 너희의 새로운 길을 찾고 있는 정신이 있음을 안다. 하루아침에 한 극단에서 맞은편 극단으로 내달은 모든 혁명이 실패했음을 돌이켜보는 슬기가 있음도 알고, 남성과 여성, 개인과 집단이 택일적으로 존재할 수는 없음을 꿰뚫는 밝음이 있음도 안다. 그러나 그들은 겸손하고 수줍어 그 목소리는 들리지 않고, 거리 가득 울려 퍼지는 것은 천박한 복수의 구호거나 벌거숭이 이기주의의 전파열(傳播熱)뿐이다.

자기 성취를 위해 아이 갖기를 거부하는 여성에게서 나는 오직 자신의 혈통 승계를 위해 출산을 강요하던 전 시대 남성들의 독선적인 논리와 다름없는 맞은편의 극단을 본다. 성가심과 불편함을 이유로 임신을 회피하는 너희에게서는 지난 시대 남성들의 무책임에 못지않은 또 다른 무책임을 느끼며, 젊음을 즐기는 데 방해가 된다고 해서 또는 몸매를 망친다는 이유로 아이 갖기를 거부하는 너희들에게서는 전 시대 남성들에 의해 저질러진 종족 보존 기능의 그 어떤 왜곡보다 더한 거부를 읽는다.

정조 의무에 대한 너희 일부의 견해도 나를 불안하게 한다. 네가 그러니까 나도, 하는 식의 논리는 너희 탈선을 변호하지 못한다. 잘 알겠지만 '눈에는 눈, 이에는 이'라는 대응 방식은 오래된 법 원리이기는 하지만 인간의 이성은 이미 그것을 포기하였다. 세상에 강도가 많다고 해서 내가 강도가 되는 게 정당해지지는 않는다. 성은 자연의 일부이고 자연에 따르는 것이 선(善)이라는 일반적인 논리로 피해 가도, 억제할 수 없는 감정의 흐름 또는 피할 수 없는 운명 같은 걸로 미학적인 치장을 해도, 간음은 간음일 뿐이다. 그보다는 전 시대 남성들의 뻔뻔스런 반칙이 오히려 더 정직해 보인다.

　　가사 분담에 대한 너희의 과격한 요구도 가끔씩은 못마땅하다. 기계와 기성복과 즉석 식품 및 세탁소 같은 가사 용역업(家事用役業)의 발달은 남자들의 일터가 안전하고 편리해진 만큼이나 집안에 있는 너희들의 성가심과 수고로움도 덜어주었다. 또 남편과 같이 일터로 나간다 할지라도 그게 바로 모든 가사가 남녀에게 균분되어야 함을 뜻하지는 않는다. 남녀의 노동 분배가 반드시 논리적으로만 이루어진 것은 아니며, 타고난 신체의 구조나 성향에 따른 자연적인 분배도 있었음을 기억하는 게 좋다. 거기다가 더욱 경계할 것은 가사 노동에 전 시대의 피해 의식을 끌어들이는 일이다. 사랑과 조화라는 말이 있을 자리에 지배와 복종이라는 말을 끌어들여 감정적으로 해석하게 되면 너희에게 고통 아닌 가사 노동은 없다.

하기야 아직 너희 많은 아내들에게는 전 시대의 억압과 질곡이 끝나지 않았음을 나는 알고 있다. 끝났다 하더라도 그것은 남성의 폭력으로 생긴 눈두덩이의 피멍이 겨우 삭고, 마를 줄 모르던 너희 눈물이 이제 말라간다는 정도이다. 너희 대부분은 아직 제대로 난 새 길을 출발하지도 못했는데 어쩌다 앞서게 된 천방지축의 동성(同性) 몇이 한 실수를 너희 모두의 잘못처럼 꾸짖는 내가 너무 가혹할지도 모르겠다.

하지만 이제 곧 뒤따라 출발하게 될 너희가 그 화려한 겉꾸밈과 선동적인 외침에 홀려 그들이 닦은 길을 가게 되면 그들은 바로 너희 선구자가 되고 결혼 제도는 합(合)으로 가는 변증의 고리가 아니라 또 다른 반(反)을 부를 일시적인 정(正)에 그치고 말 것이다. 남녀의 불화로 인류의 지속이 심각한 위협을 받거나 더 큰 반동(反動)에 의해 너희가 보다 가혹한 제도의 억압과 질곡 속으로 되끌려 가게 될지도 모른다. 옛적에 일어났던 일이 다시 일어나지 못할 까닭은 없다. 라마인(羅馬人=로마인)들은 가장 먼저 민주주의의 맛을 본 사람들이지만 치욕스런 제정(帝政)으로 끝장을 보고 말았다.

이제 내가 빛날 것도 자랑스러울 것도 없는 아내로서의 내 삶을 돌이켜보려는 것은 어쩌면 기우일지 모르는 그런 걱정에서 비롯되었다. 내가 한 남자의 아내로 살았던 그 시대는 결혼 제도의 억압과 질곡이 그 절정을 이루었던 삼백여 년 전이다. 이미 모든 것을 훌훌 털고 자신의 길을 걷고 있는 아내들은 불행했던 시절의 추억 삼아, 아직도 온전히 헤어나지 못한 아내들은 고단한 삶을 헤쳐 나가는 데 참고로 들어주기 바란다. 그리고 아주 드물겠지만, 다른 쪽을 선택할 기회가 있는데도 나와 같은 길을 선택한 이들이라면 모자란 대로 본보기를 삼아도 좋다.

안릉세가(安陵世家)

시댁이 있는 나라골은 친정인 춘파에서 가맛길로 이틀이 걸렸다. 나라골은 영해부(寧海府) 인상동(仁上洞)에서 인하동(仁下洞)에 걸친 마을 이름으로 그곳이 나라골이라고 불리게 된 데는 두 가지 풀이가 있다. 하나는 땅의 생김이 학이 날아가는 형국과 같다 하여 '나릿(날개)골'로 불리다가 점차 나라골로 변했다고 한다. 나라골이 한자로는 익동(翼洞) 혹은 비개동(飛蓋洞)인 것은 그 때문이다. 한편 나라골은 삼한 시대 진한(辰韓)에 속한 우시국(于尸國)의 도읍지여서 나라가 있었던 마을이라는 뜻으로 그렇게 불리게 되었다는 말도 있다. 이때는 한자로 쓰면 국동(國洞)이 된다.

유서 깊은 땅이 대개 그렇듯이 나라골에도 풍수에 얽힌 전설이 많이 남아 있다. 그중에서도 가장 유명한 것은 명나라 장수 이여송(李如松)의 행악(行惡)이다. 나라골의 지세를 두루 살펴본 이여송은 앞으로 큰 인물이 날 것을 염려하여 인근 여러 곳의 지맥(地脈)을 잘라버렸다고 한다. 맞은편 원구동(元邱洞)의 시리목재(嶺)와 쟁이골, 목애 등에 사기 말뚝을 박거나 산등성이를 허물어 땅기운의 흐름을 막거나 끊어버린 일이다.

그다음은 역시 이여송과 함께 이 나라에 왔던 두사충(杜思忠)의 지세 풀이다. 그는 나라골을 둘러보고 마을 앞 곡강(曲江)의 물맛을 본 뒤에 감탄하면서 이렇게 말하였다고 한다.

"상서로운 기운이 한 길이나 높이 서렸고 단물이 기름진 들을 둘렀으니 반드시 큰 인물이 날 것이다(紫氣高一丈 甘水廻沃野 必生大人)."

뒷날 들어 안 것이지만 우리 풍수로도 나라골은 자못 뜻이 있는 땅이 된다. 백두대간에서 뻗어온 태백산맥은 일월산에서 갈라지는데 그 한 맥이 동으로 빠져나와 칠보산(七寶山)을 이룬다. 칠보산은 서북에서 남으로 흘러 형제봉 독경산(讀經山) 울령(蔚嶺) 맹동산(萌動山)을 거느리고 영해부를 성처럼 두른다. 그리고 다시 그 한 갈래 지맥은 동으로 뻗어 나라골에서 맺혔다가 송천(松川) 들판을 이룬 뒤에 동해에 이른다고 한다.

내가 나라골에 이른 것은 춘파를 떠난 다음 날 해거름께였다. 비록 그 시절로는 나이가 찬 축이었다고 하나 난생 처음 가는 시집 마당에서 가마를 내리는 새색시에게 사물이 제대로 분별될 리 없었다. 빙 둘러서 보고 있는 대소가(大小家) 사람들과 큰일을 도우러 온 안팎 아낙들의 눈길이 천근인 양 정수리를 짓눌러 발 제길 곳마저 제대로 살필 수 없을 만큼 이마를 수그리고 오직 부축에 이끌려 신행(新行)의 첫 걸음을 떼어놓았다. 비록 대문에서 가마 문을 열어주신 것은 다정한 군자이시고, 낯익은 하님(여자 하인을 높여 부름)에 아버님도 상객(上客)으로 따라오셨으나 내 느낌은 온전히 낯선 곳에 홀로 던져진 것 같았다.

그런데 중문을 들어설 때쯤이었을까, 그 총중에도 무언가 날카로운 빛살처럼 내 눈을 찔러왔다. 움찔하며 곁눈으로 가만히 살피니 안마당 서쪽 모퉁이에 서 있는 한 그루 자미수(紫薇樹=백일홍나무)였다. 이미 꽃도 잎도 지고 가지만 남은 아름드리 자미수가 묘한 뒤틀림으로 저무는 가을 햇살을 받고 있었다.

갓 신행 온 새색시의 눈길을 먼저 끄는 것은 여러 가지일 수가 있다. 어쩌면 이제부터 함께 살게 될 시집 사람들을 미리 살펴두는 게 새댁에게는 더 급할 것이고, 그 안에 살게 될 시집의 가옥 구조도 마당 한구석에 선 나무보다는 미리 살펴두는 게 나을지 모른다. 또 나무라고 해도 내가 가마를 내린 바깥 마당에는 그 자미수보다 훨씬 굵은 공손수(公孫樹=은행나무)가 있었고, 사랑채 뒷곁으로는 대숲이 있었으며 사당 앞으로는 키큰 회화(檜花)나무도 있었다. 그런데 하필이면 그 자미수가 그토록 강한 인상으로 내 눈길을 끈 까닭은 무엇이었을까.

이제 와서 돌이켜보면 그것은 단순한 우연이라기보다는 뒷날의 내 삶과 연관된 어떤 신비한 끌림이었던 것 같다. 자미화(紫薇樹=백일홍)는 바로 시가인 재령 이씨들의 꽃이었기 때문이다. 남쪽으로 내려온 재령 이씨들이 그 한 그루의 나무에다 가문의 소식(消息=번성하고 쇠퇴함)을 걸게 된 데는 쓸쓸한 연유가 있다.

관향(貫鄕)으로도 짐작가는 일이겠지만 원래 재령 이씨는 근거지가 남쪽이 아니었다. 고려 성종 때 문하시중(門下侍中)을 지낸 휘 우칭(禹偁)이란 분이 재령(載寧)을 녹읍(祿邑)으로 받고 재령군(載寧君)에 봉해지면서 경주 이씨에서 분관(分貫)한 그 자손들은 대대로 재령 땅에 자리 잡고 살았다. 뒷날 휘 대봉(大鳳)이란 분이 다시 안릉군(安陵君)에 봉해져 안릉 이씨로 불리기도 하고, 상장군 휘 소봉(小鳳)은 공민왕의 부마가 되어 그 대소가가 개경으로 옮겨 살기도 하나 그때까지도 그들의 근거지는 여전히 재령과 황해도 일대였다.

그러다가 고려조의 쇠망과 더불어 재령 이씨도 몰락의 길을 걸었다. 상장군공(上將軍公)의 손자 중에 휘 신(申)이란 분이 계셨다. 고려조의 사헌부 지평(持平)으로 간관(諫官) 김진양과 더불어 조준, 정도전, 남은의 죄를 적은 상소를 올려 조준을 귀양보냄으로써 일시 이성계의 힘을 꺾었다. 또 대사헌 강회백(姜淮伯) 등과 더불어 장주(章奏)를 올려 조준을 극형에 처할 것을 청하고, 이성계의 또 다른 수족인 오사충(吳思忠)을 탄핵하여 쇠망해 가는 고려를 지켜보려 애썼다.

그러나 그들을 등뒤에서 성원하던 포은 선생이 선죽교에서 방원의 쇠도리깨에 죽음을 당하고 이성계 일파가 조정을 휘어잡자 지평공도 무사할 수 없었다. 없는 죄를 뒤집어쓰고 형옥을 치른 끝에 유배를 가시다가, 받은 형이 모질어 도중에 돌아가시고 말았다.

지평공의 아우 되시는 모은공(茅隱公)의 휘는 오(午)로 공민왕 때 성균관 진사가 되신 분이다. 우러르던 포은 선생과 가형(家兄)이 잇따라 죽음을 당하고 나라의 운세가 글러감을 보자 진취(進取)에 뜻을 잃으셨다. 한때 여러 선현들과 함께 두문동(杜門洞)으로 들어가 불사이군(不事二君)의 뜻을 새기면서 지내시다가 다시 은말삼현(殷末三賢) 중에 기자(箕子)의 예를 따라 멀리 남쪽 함주(咸州=함안) 모곡(茅谷)에 숨으셨다.

자미화가 재령 이씨들의 꽃이 된 것은 그 이후가 된다. 모은공이 모곡에 터를 잡으신 것도 바로 그 자미화 때문이었다. 망국의 한을 품으신 채 남녘 땅을 정처없이 헤매시던 공은 그곳 깊은 골짜기 수풀 사이에 한 그루 자미수가 활짝 피어 있는 것을 보고 발길을 멈추셨다. 그리고 한참이나 그 사랑스러움을 돌아보시다가 마침내 그곳을 숨어 살 땅으로 정하시고 띠풀을 베어 집을 얽으시니 그게 재령 이씨가 남쪽에 살게 된 연유요, 자미화가 재령 이씨들의 꽃이 된 시작이다.

뒷날 고려가 망하자 공은 호를 모은(茅隱)으로 삼고 사는 곳을 고려동(高麗洞), 붙이는 밭을 고려전이라 이름하며 세상에 나가지 않았다. 그리고 역시 인근 두심동(杜尋洞)에 숨어 살며 만은(晩隱)을 호로 삼던 전(前) 판도판서(版圖判書) 홍재, 전 공조전서(工曹典書) 조열과 더불어 그 자미수 아래에서 술잔을 나누며 나라 잃은 선비의 한과 슬픔을 노래하셨다. 그때 남기신 시 중에 이런 게 있다.

둥치라도 남으면 꽃이 필 수 있는 것을
해 저문 산속 외딴집에도 봄은 찾아왔구나
슬픈 노래 부르면서 서로 따르는 이 자리
서울 가 다시 벼슬 살기는 부끄러움일 뿐이네.

喬木如存可假花

王春惟到暮山家

悲歌哀詠相隨地

耻向長安再着紗

　중종 때 홍문관 교리를 지낸 하옥(河沃)이란 분은 모은공의 행장에 적기를, 당시의 절개 있는 사람들은 그 시를 듣고 눈물을 흘리며 백이숙제의 채미가(採薇歌)와 기자의 맥수가(麥穗歌)에 비하였다고 한다. 후손들은 그 자미수 곁에 정자를 지어 자미정(紫薇亭)이라 이름하고 그 연유를 기(記)에 남겼다.

　〈……서산(西山)의 고사리는 은(殷) 왕가의 해와 달을 홀로 보존했는데, 한 번 전해져서 진처사(晋處士=도연명)의 율리(栗里) 장미화가 되고, 두 번 전해져서 우리 선조의 모곡리(茅谷里) 자미수가 되었다…….〉

　그 뒤로 재령 이씨는 자미화를 가문의 꽃으로 귀히 여기고 어디로 가든지 그들이 가는 곳에는 그 나무를 심었다. 이것이 널리 알려져 한강 정구 선생도 「함주지(咸州誌)」를 찬술하면서 자미화는 이씨들과 성쇠를 같이한다는 구절을 남겨 놓았다.

　어쩌면 그날 내 눈길을 끈 것은 한 그루 자미수의 기이한 자태가 아니라 그 나무와 내가 앞으로 그 일원이 될 가문의 쓸쓸하면서도 끈끈한 인연이었는지도 모른다. 그것이 어떤 예감으로 마음 한 자락을 건드려 내 눈길을 그리로 이끌었음에 틀림이 없다. 그리고 그 예감이 어긋나지 않았음은 며칠 안 돼 시아버님 운악공의 말씀으로 밝혀졌다. 그날 신행 사흘 만에 방간으로 내려간 내가 무슨 일인가로 안마당을 지나는데, 창두(蒼頭=노비)들로 하여금 밤 사이에 서리진 그 자미수 밑둥을 짚으로 싸게 하고 계시던 시아버님께서 나를 부르셨다.

"이 나무는 모은(茅隱) 선조 이래 우리 성씨와 소식(영고성쇠)을 함께 해 온 것으로 나라골에 처음 자리를 잡으신 큰아버님(할아버지)께서 심으셨다. 당신께서 뜰 안 양지 바른 곳을 골라 손수 이 나무를 심으신 뜻은 근본을 잊지 말라는 데 있다.

무릇 나무는 반드시 뿌리가 있은 뒤에야 가지와 잎이 무성하게 되고, 사람도 또한 근본이 있어야 종파(宗派)와 지파(支派)가 널리 퍼지게 된다. 저 우뚝 솟은 줄기가 썩었다가 다시 싹이 트고 싹이 자라 다시 큰 줄기를 이루니, 나무의 피어남과 시듦은 덧없지만 바람과 서리를 겪고도 오래 남을 수 있는 것은 그 뿌리가 있기 때문이다. 그러하되 비록 뿌리가 튼튼하더라도 이를 북돋우고 보살피지 않으면 나무는 죽어 없어질 수도 있다.

사람이 근본을 잊지 않음도 그와 같다. 우리 선조의 훌륭한 자취와 아름다운 공덕은 뒷사람을 가르쳐 이끌 만하다. 우리 족중

(族衆)이 중외(中外)에 흩어져 살며 크게 세력을 떨치지는 못했으나 그래도 이름을 중하게 여겨 행실(行實)을 힘써 닦고 염치를 지켜 세상에 아첨하기를 좋아하지 않으니 선조의 끼치신 덕이 아직 사라지지는 않았다. 이 나무의 줄기가 썩었다가 다시 싹을 틔우고 잎과 꽃을 피우는 것과 같지 않을 줄 어찌 알겠느냐. 너도 이제 이 집의 사람이 되었으니 아무쪼록 이 집의 뿌리를 북돋우고 보살피는 일을 게을리 말아라."

모은 선조께서는 두문동 서원 표절실(表節室) 항절반(抗節班)에 모셔졌을 뿐만 아니라 유언으로 무덤에 백비(白碑=글자가 없는 비석)를 세우게 하실 만큼 새 왕조와 화해 없이 돌아가셨다. 다음 대도 윗대의 뜻을 이어 은일(隱逸)로 세상을 마쳐 이씨들이 다시 벼슬길로 나가는 것은 그다음 대에 이르러서가 된다.

모은 선조의 손자 되시는 근재공(覲齋公) 휘 맹현(孟賢)이 대과에 장원하면서 먼저 조정에 들어가고 이어 율간공(栗澗公) 휘 중현(仲賢)이 다시 대과에 올라 점필재 김종직 선생으로부터 금곤옥우(金昆玉友=금 같은 형과 옥 같은 아우)란 칭송을 들었다. 형제가 나란히 홍문관 부제학을 지내고 경연(經筵)에서 임금의 자별한 권애(眷愛)를 입었다. 특히 근재공은 나라에서 제택(第宅)을 하사받았고, 그 부고가 들리자 슬퍼하신 성종께서는 후한 부의와 더불어 풍수관(風水官)을 보내 양주 금대산(金臺山) 해좌원(亥座原)에 유택(幽宅)까지 잡아주셨다.

내게는 시증조부가 되시고 영해 인근의 이씨들에게는 파조(派祖)가 되시는 통정공(通政公)은 휘를 애(璦)로 쓰시는데 바로 근재공의 여섯째 아드님이시다. 여덟 살에 아버님을 여의고 중부(仲父) 율간공의 보살핌을 받았다. 그 뒤 율간공이 영해 부사로 나가시게 되자 책방(冊房) 도령으로 따라오신 게 인연이 되어 당시 영해의 호족이던 진성 백씨의 무남독녀와 혼인하고 나라골에 자리 잡게 되었다.

중종 10년 무과에 급제하시어 사헌부 감찰, 무안 현감, 경주 판관 등을 거치시다가 중년에 몸을 상해 벼슬을 그만두셨다. 명종 15년에 기로(耆老)의 은전을 받아 통정대부의 품계를 받으시니 이로 인해 통정공이라 불리운다. 또 그 아랫대도 문음(門蔭)으로 충무위(忠武尉) 부사직(副司直)을 제수받았으나 영해로 드신 이래 두대 모두 행세하는 반가(班家)에서 드러내 놓고 자랑할 만한 번듯한 벼슬에는 이르지 못하였다.

안동처럼 오래된 고을에서 수백 년 터를 잡고 살아온 유서 깊은 문중들에게 영해 같은 물편 가에, 그것도 자리 잡은 지 몇 대 안 되는 이씨들같이 작은 집안은 자칫 업신여김을 받기 쉽다. 그런데도 그들이 스스로 안릉세가(安陵世家)를 칭하며 안동의 명문들과 당당히 혼반(婚班)을 열 수 있었던 까닭은 아마도 윗대로 이어지는 든든한 근본에 있었던 듯하다. 하지만 내게는 그런 가문의 근본보다도 시아버님 운악공의 북돋우심과 돌보심의 힘이 더 큰 것같이 느껴진다.

가문에 대한 시아버님 운악공의 남다른 열정과 집착은 이미 현구례(見舅禮) 때에 느낀 바 있었다. 그때 시아버님께서는 태산 같은 자약(自若)하심으로 말하셨다.

"거두시면 돌려주시는 법, 하늘이 이미 다섯이나 거두어가셨으니 이제 이 집안은 되받을 일만 남았다. 네가 모두 되받아 이 집안을 일으키거라."

이야기의 순서가 바뀌었지만 그 몇 해 시아버님은 참상(慘喪)이라 해도 지나칠 것 없는 슬하의 죽음을 거듭 보아오셨다. 네 해 전에는 내게 둘째 시아주버님 되시는 우계공(愚溪公)이 과거를 보고 돌아오시는 길에 원인 모를 병으로 스물일곱에 요절하시고 다시 그해에 맏시아주버님 되시는 청계공(淸溪公)이 역시 과거길에 올랐다가 돌아오시는 길에 상주 산양(山陽) 객사에서 서른일곱의 한창 나이로 운명하셨다. 두 분 다 일찍이 사마시(司馬試=생원과)에 합격하고 돈독한 행실과 학덕을 갖춰 향리에서 기대받던 인재들이었는데, 특히 청계공은 태학생(太學生)으로 뽑혀 사람들의 기대가 더욱 컸다.

여느 사람들 같았으면 사랑하는 두 아들의 요절만으로도 모든 뜻을 잃어버리고 말았을 것이다. 거기다가 이태 전에는 셋째 며느리 되는 군자의 전취 광산 김씨가 스물다섯의 나이로 세상을 버렸고 다시 그 이듬해에는 둘째 며느리인 무안 박씨가 자결했다.

무안 박씨는 임진왜란에 큰 공을 세워 무의공(武毅公)에 봉해지고 호조판서가 추증된 박의장(朴毅長)의 따님으로 우계공의 배위(配位)였다. 우계공이 돌아가시자 강보에 싸인 유복녀를 밀쳐둔 채 고침(藁枕＝상주가 괴는 짚으로 만든 베개) 아래 벌레가 이도록 밤낮으로 엎드려 슬퍼하다가 아이가 죽자 냉연히 말하였다.

"이 몸이 죽지 못함은 다만 늙으신 어머님께서 살아 계심이라."

그러더니 그해 늙으신 어머님이 돌아가시자 성복(成服)을 지내고 바로 순절했다. 비록 나라에서 정문(旌門)을 세워 그 정렬(貞烈)을 표창했으나 며느리도 자식이라 어버이 된 마음에 어찌 애통함이 없겠는가. 이미 육순을 넘긴 연세로 단 네 해 동안에 두 아들과 두 며느리를 앞서 보낸 이에게 무슨 바람이 더 남을 수 있겠는가. 그런데도 운악공께서는 그 모든 애통함을 누르시고 이제는 외아들이 된 군자와 이 몸에게 태연히 가문의 기대를 옮기고 계셨다.

시아버님 운악공(雲嶽公)

시아버님 운악공은 휘가 함(涵)이요, 자는 양원(養原)이시다. 호가 운악(雲嶽)이라 세인에게는 운악 선생으로 불렸다. 명종 9년 나라골에서 태어나셨는데 모은 선조께는 잉손(仍孫=7대손)이 되고 입향조(入鄕祖) 통정공에게는 손자가 된다.

공은 어려서부터 도량이 넓고 성품이 너그러우셨으며 효성이 지극하셨다. 일찍부터 학문에 뜻을 두시어 경(經)과 사(史)에 아울러 밝으셨고 문장이 힘찼다. 당대의 석학 대계(大溪) 황응청(黃應淸)의 문하에서 수학하셨으며 뒷날에는 학봉(鶴峯) 형제와 종유(從遊)하여 그 심학(心學)을 듣고 그대로 따르셨다.

약관이 되면서 이미 여러 번 향시(鄕試)에 입격하여 인근에 이름을 얻으시더니 선조 21년에는 사마시에 들었다. 그때 영해 부사 최경회는 크게 잔치를 열어 자기 고을에 인재가 난 것을 기뻐하였다. 그러나 몇 해 안 돼 모친상을 당하고 이어 임진왜란이 터지니 과업(科業)은 잠시 덮어둘 수밖에 없었다.

백성들이 입은 참화는 전란만이 아니었다. 왜적의 행패로 가득이나 농사짓기 어려운데다 가뭄까지 겹쳐 흉년이 드니 굶어 죽은 시체가 들판에 널리었다. 비록 상중(喪中)이시기는 하나 공은 나라와 백성들의 그 같은 어려움을 보고 비분과 강개로 우셨다. 나라의 수군(水軍)을 도맡고 있던 충무공 같은 이도 눈앞에 덤벼오는 왜적과 싸움을 뒤로 미루고 어머님의 상을 치르던 시절이라 함부로 몸을 떨쳐 일어날 수 없고, 다만 굶주리는 사람들에게 먹을 것을 나누어주기를 일로 삼으셨다.

공이 창고를 풀어 기민(飢民)을 먹인다는 소문이 나자 부황난 사람들이 문간이 비좁도록 모여들었다. 공은 마당에 큰 가마를 걸고 죽을 쑤어 여럿을 먹이셨으나 창고의 곡식은 다함이 있게 마련이었다. 아이를 업고 늙은이를 부축해 모이는 사람들이 하루에도 수백 명에 이르니 마침내 곡식 창고가 비고 말았다. 이에 공은 도토리를 주워 삶아 굶주린 이들을 먹이니 비록 맛은 떨어져도 사람들은 공의 도토리를 곡식보다 더 달게 여겼다.

공은 또 어려움에 빠진 나라도 잊지 않으셨다. 순찰사 한효순(韓孝純)이 왜적과 싸우기 위해 군사를 거느리고 진안(眞安=진보)을 지나는데 군량미가 떨어져 군사들이 끼니를 거르고 있었다. 이를 들은 공은 가진 힘을 다해 쌀 수십 섬을 보내 그 위급을 구해 주었다. 순찰사 한공(韓公)은 행재소(行在所)에 장계를 올려, "영해 이(李) 아무개는 비록 초야에 묻혀 있으면서도 나라일을 걱정하여 처음부터 상을 바라는 일 없이 군사의 어려움을 구해 주었습니다."고 아뢰었다.

그 뒤 명나라 군사가 원병을 왔으나 이미 나라의 모든 창고가 텅 비어 원병의 뒤를 댈 물자가 나올 데가 없었다. 그때는 운악공도 상복을 벗은 터라 순찰사 한공은 동해 염장(鹽場)을 공께 맡겨 거기서 나는 조세와 이문으로 명군의 군량을 대게 하였다. 벼슬이라고 할 수도 없는 하찮은 자리였으나 공은 오직 나라를 위하는 마음으로 그 일에 힘과 정성을 다하였다.

그때 뒷날 오리 정승으로 널리 알려진 오리(梧里) 이원익(李元翼) 선생이 체찰사(體察使)로 내려왔다. 선생은 공이 염장을 맡아 오래도록 노고하였고, 그 성과가 크므로 이름을 공적(功籍)에 올리려 했으나 공은 극구 사양하였다. 그 같은 겸양에 더욱 감동된 오리 이 선생은 조정으로 돌아가자마자 힘써 공을 천거하여 드디어 공에게 김천도(金泉道) 찰방(察訪)이 내려졌다.

김천은 영남의 허리가 되는 땅이나 심한 전란으로 황폐해져 있었다. 관아와 민가는 불타고 문서와 사람은 흩어져 모든 게 두서가 없었다. 운악공은 밤낮으로 궁리하여 무너진 것을 일으키고 흩어진 사람을 모았다. 또 백성이 입은 병화를 헤아려 그 상처를 어루만지고 이속(吏屬)들의 기운을 돋워주니 차츰 아래위의 손발이 맞고 김천을 떠나 여기저기 흘러다니던 사람들이 되돌아왔다.

그때 성주(星州)에는 중국 장수 남방위(藍芳威)가 유격장(遊擊將)으로 진을 치고 있었는데 그 사졸들의 행패가 아주 심했다. 성주 목사가 견디지 못해 잇따라 관직을 버리고, 아전과 백성들도 아울러 숨어 고을이 비게 되었다. 이에 끼니마저 때울 수 없게 된 명군(明軍)의 행패가 더욱 심해지니 이미 여러 번 운악공의 기량과 재주를 본 순찰사가 서찰을 보내 공으로 하여금 성주 목사(牧使)를 겸하게 하였다.

곧 성주로 달려간 공은 숨어 있는 주의 강기(綱紀=주의 사무를 맡아보는 주부(主簿)의 별칭)를 찾아 일이 그렇게 된 까닭을 알아냈다. 그런 다음 그 상세한 전말을 적은 글을 남 유격(遊擊)에게 보내니 유격이 읽고 매우 반가워하며 공에게 만나기를 청했다. 공이 진중으로 찾아가자 남 유격이 마주 나와 손을 잡고 사과했다.

"실로 그런 일이 있었는 줄 몰랐구료. 공이 아니면 누가 나를 위해 말해 줄 사람이 있었겠소?"

그러고는 술자리를 열어 공을 대접했다. 술잔을 받으며 공이 다시 한번 당부했다.

"이 고을의 수토관(守土官)이 장군의 위엄을 두려워해 무릇 여쭐 것이 있어도 바로 여쭙지 못한 까닭에 이런 일이 생긴 것입니다. 오늘 이후로는 진중에서 실제로 소요되는 물자와 경비를 상세히 적어 우리 고을에 넘기시어 거기에 따라 조달하게 하십시오. 그렇게 하면 주고받는 쪽에 모두 법도가 있어 번거로운 일이 생기지 않을 것입니다."

그 말을 들은 남 유격은 그 자리에서 사람을 시켜 장졸과 군마의 수효를 밝히고 거기 소요되는 군량과 마초 및 여타 물자를 세밀하게 적어 주었다.

관아로 돌아온 공은 먼저 고을의 문서를 조사하여 아전들이나 군민이 세상이 어지러운 틈을 타 빼돌리거나 사사로이 축낸 관아의 물품들을 채워 놓게 하고 다시 고을의 재력 있는 식자(識者)들을 불러모아 도움을 청했다.

"이제 나라일이 매우 위급한데 어찌 앉아서 보고만 있을 수 있겠는가. 높고 낮음을 가리지 말고 신민(臣民)된 자는 모두 가진 바 성의를 다해 나라의 어려움을 덜어야 할 때이다."

이에 고을 사람들이 서로 권유하며 힘을 다해 바쳐, 비었던 창고는 곧 채워지고 적지 않은 물력(物力)이 모이게 되었다. 공은 그 물력으로 명군의 소용을 대는데, 전에 남 유격에게서 받은 세목에 따라 하니 들어가는 것은 전보다 열에 아홉이 줄어도 양쪽 모두가 넉넉했다. 그 일로 명나라 군사의 행패가 씻은 듯 없어지고 고을 안이 평온해지자 고을 사람들은 공을 부모처럼 우러르고 명나라 장졸들도 공을 칭송해 마지않았다. 특히 남 유격은 공이 일시 겸임했던 성주 목사를 그만두자 몇 가지 귀한 중원의 물품을 예물로 보내 경모의 뜻을 나타냈다.

공의 남다른 기개와 자긍을 드러내는 일은 왜구가 물러간 지 이태 만인 경자년에 있었다. 바란 바는 아니었으나 벼슬길에 들어

104

서게 되자 나라가 어려울 때 세운 작은 공로에 의지해 벼슬살이 하는 걸 구차하게 여기신 공은 마흔일곱의 연세도 늦다 아니하시고 과거에 응하셨다. 그만큼 당신의 학문에 대한 믿음도 있으셨을 것이다.

복시(覆試)를 당당히 지나신 공은 선조 임금께서 친히 임하시는 전시(殿試)에 이르러서도 막힘이 없었다. 정대(庭對＝대과의 최종 시험인 전시에서 답하는 책문)의 말을 올리는데 그 뜻이 매우 간절하고 곧아서 감탄한 시관(試官)이 장원으로 뽑고 임금께 올렸다. 그런데 뜻밖의 일이 벌어졌다. 책문을 보신 선조 임금께서는 공이 장자(莊子)의 말을 인용했다 하여 과방(科榜)에서 이름을 빼게 하고 파직까지 명하셨다.

그 기막힌 처분에 망연한 것은 공만이 아니었다. 대궐 안팎의 모든 벼슬아치들이 억울하게 여겨 유분(劉蕡)의 옛일에 비하기까지 했다. 유분은 당나라 문종 때 사람으로 현량과(賢良科)의 책문에서 환관들의 잘못을 꾸짖었는데 시관은 그의 글에 탄복하면서도 환관들의 권세가 두려워 그를 급제시키지 못했다고 한다.

그 뒤 여러 해 공은 벼슬 없이 지냈으나 선조 36년에 다시 대신의 추천이 있어 의금부 도사(都事)가 되고 이어 사재감(司宰監) 직장(直長), 주부를 거쳐 의령 현감으로 나가셨다. 하나같이 크신 뜻에 비해 하찮은 자리였으나 공은 재주와 성의를 다해 일에 임하시니 가는 곳마다 선성(善聲)이 높았다.

그러다가 선조 임금께서 돌아가시자 공은 다시 한번 과장(科場)을 찾으셨다. 광해군 원년 공은 쉰여섯의 연치로 문과에 급제하시어 세상을 놀라게 했다. 공을 아는 선비들은 한결같이 기뻐하며 이제야 공의 큰뜻이 펼쳐질 것이라 기대해 마지않았다.

하지만 그때 이미 공은 벼슬살이가 싫어지셨고 몸도 편치 않으셨다. 거기다가 광해조의 난정이 조짐을 드러내자 미련 없이 벼슬을 버리고 나라골로 돌아오셨다. 대략 내가 시집오기 대여섯 해 전의 일이었다.

충효당(忠孝堂)

가문에 대한 공의 집착과 열정이 온전히 자손들에 대한 기대로 바뀐 것은 낙향 뒤의 일로 보인다. 젊은 날에 꿈꾸었던 당신의 빛나는 성취가 더는 가망없는 것이 되어버리자 그걸 자손들에게 옮기신 듯하다. 가문이라고 하는 의제(擬制)된 존재의 틀 속에서 조상과 당신을 동일시했던 것처럼 이제는 당신과 자손들을 동일시함으로써 못다 이룬 꿈에 대한 애착과 미련을 달래보려 하셨음이리라.

나라골로 돌아오신 공이 먼저 하신 일은 이여송이 끊어버린 인근의 지맥(地脈)을 되살리신 것이다. 공은 곡식과 돈을 아끼지 않고 사람을 풀어 이여송이 박았다는 사기 말뚝을 뽑고 흙과 돌을 져날라 잘라버린 혈(穴)을 잇게 하셨다. 그리고 어떤 곳은 물길을 돌리고 언덕을 높여 비보(裨補)를 대신하기도 하셨다.

　풍수 따위를 믿지 않는 이들에게는 그 모두가 헛된 노력이요 낭비로 보일 것이다. 더구나 막히고 잘린 지맥을 되살려 놓는다 해서 반드시 큰 인물이 당신의 자손들 속에서 나리라는 보장도 없었다. 하지만 중요한 것은 믿음이고 염원이다. 부모의 믿음과 염원이 얼마나 많은 범용한 정신들을 고귀하게 혹은 위대하게 만들었던가. 어쩌면 공은 풍수를 믿은 것이 아니라 자손들에 대한 당신의 믿음과 염원을 상징하는 의식으로 끊어진 지맥들을 이으셨는지도 모를 일이다.

　공은 또 재물을 아끼지 않고 만 권의 책을 모으신 뒤 수하들에게 이르셨다.

　"집안에 만 권의 책이 있으면 문창성(文昌星)이 비치어 귀한 자손이 나고 대대로 글이 끊어지지 않는다 한다. 그러하되 책이 많다는 것만으로 무엇을 이루랴. 힘써 읽고 익혀야 하늘도 도우리니 너희는 이 뜻을 잊지 말라."

　하지만 공의 이력을 꼼꼼히 살피면 자손에 대한 예사 아닌 욕심을 공이 드러내시기 시작한 것은 그 낙향보다 몇 해 앞섬을 알 수 있다. 춘추 마흔아홉 나시던 해 공은 시댁 왼쪽 본채와 이어진 산기슭에 집 한 채를 더하셨다. 청석으로 쌓은 축대 위에 정면 네 칸, 측면 두 칸의 ㄱ자형 건물로 두 칸 장방 하나에 나머지는 대청으로만 된 정자 같은 건물이었다.

자신을 위한 강학(講學)의 터로, 또는 자제들의 학습당으로 그 같은 건물을 살던 집에 더하는 일은 그리 드물지 않다. 오히려 영남의 행세하는 집안에는 처음부터 있었건 나중에 지었건 혹은 본채의 일부이건 별채이건 반드시 그런 기능을 하는 건물이 있다는 편이 옳다. 별난 것은 그 건물이 아니라 그 정면 벽에다가 운악공이 현판 대신 구해 붙인 '충효당(忠孝堂)'이란 인본(印本) 당호(堂號)였다.

충효는 그 시대의 최고 가치가 되는 이념이자 생활 구석구석 침투하여 숨 한 번 몸짓 하나에까지 관여하는 실천 항목이었다. 그 가치에 의지하면 한 몸이 현달하고 한 가문이 일어나는 길이 있고 저버리면 한 몸이 망하고 한 집안이 쑥대밭이 된다. 위로는 대궐의 삼정승 육판서로부터 아래로는 밭두렁의 농군까지 자나깨나 외는 주문 같은 것이 충효였다. 그러나 너무 무거우면서도 또한 너무 흔해 진지하게 되뇌려면 오히려 망설여지는 말이기도 하다.

영남의 세가(世家) 중에는 충효당이란 당호를 가진 집이 여럿 있다. 그러나 대개는 나라에서 그 편액을 내렸거나 천하에 충효의 귀감으로 자랑할 만한 주인을 가졌을 때 붙이는 것이지 함부로 자호(自號)하는 법이 아니다. 기휘(忌諱)를 범하는 말이 될는지 모르지만, 비록 삼한(三韓) 이래의 근본을 자랑한다 해도 시댁 또한 그때까지는 그 같은 당호를 자호할 만한 집이 못 되었다. 그런데도 공께서는 스스럼없이 그 당호를 붙이셨다.

사람들은 흔히 그 일을 공의 대단한 기백 혹은 자신의 소산으로 본다. 특히 그 무렵은 공이 3년 칩거 끝에 다시 대신의 천거로 벼슬길에 나선 때라 더욱 그리 믿기 쉽다. 그러나 바로 임금으로부터 과방삭제(科榜削除)와 파직의 처분을 받은 상처가 3년 만에 어찌 아물 것이며, 대신의 천거가 있었다 한들 임금의 눈밖에 난 처지에 무슨 큰 영달을 바랄 수 있겠는가. 실제로 그 뒤 공이 받은 벼슬도 의금부 도사니 사재감 직장이니 하는 대단찮은 종품직(從品職)이었다.

어떤 이는 그로부터 오래잖아 공이 오르시게 되는 대과(大科)에서 그 기백과 자신의 근거를 찾는다. 실제 공은 충효당을 지으신 서너 해 뒤 문과에 급제하시게 되지만, 이미 말했듯 그 일은 공이 벼슬길에서 물러날 계기가 되었을 뿐이다. 응시는 패기와 자신으로 하셨는지 몰라도 가문을 당신 스스로 우뚝 일으켜 세우겠다는 패기와 자신은 이미 잃으셨다고 보는 편이 옳다.

따라서 운악공께서 충효당을 자호한 것은 당신보다는 자손들을 향한, 그만큼 간절한 기대와 염원으로 이해하는 게 온당할 듯싶다. 더구나 그때 공의 네 아드님은 거기에 값할 만큼 잘 다듬어져 있었다. 맏이인 청계공은 사마시에 합격한 뒤 태학생으로 뽑혀 성균관에 계셨으며 둘째인 우계공과 셋째인 군자께서도 나란히 사마시에 올라 대과를 앞두고 계셨다. 그리고 막내인 호군공(護軍公)마저 무장(武將)의 꿈을 버리고 학문에 전심해 한창 성과를 올리고 있었다. 곧 잇따른 상명역참(喪明逆慘=자식이 부모보다 먼저 죽는 참사)으로 그 태반이 무너지고 말지만 적어도 당시로는 충분히 그런 기대와 염원을 걸 만한 아드님들이었다.

　'내 이제 이 이름을 붙여 놓았으니 너희들은 기필코 그 실질을 채워라!'

　나는 충효당 현판을 바라보면 언제나 그런 공의 말씀이 들리는 듯한 느낌을 받는다.

　공의 그 같은 염원은 벽에 걸린 인본 당호에서도 읽혀진다. 이미 말했듯이 나는 출가 전에 글씨를 조금 써본 적이 있어 자랑할 만한 성취는 없어도 남이 써놓은 글은 가려 볼 만한 안목은 가지게 되었다. 그런데 충효당이란 필체가 하도 웅혼하고 기품이 있어 절로 공께 글쓴이를 여쭤보지 않을 수 없었다.

　"명나라 고황제(高皇帝)의 글씨니라. 충효로 이름 높은 중화(中華)

의 명문가에 손수 써서 내리신 편액인데, 연행(燕行)하는 지인(知人)에게 당부해 천금을 주고 떠왔느니라."

아무리 어필(御筆)이라도 탁본이 되면 그 값어치는 떨어지게 마련이다. 공에게는 글씨로 이름난 지인이 많은데도 천금을 주고 명나라 황제의 어필을 탁본해 온 까닭이 그때는 얼른 짚이지 않았다. 그러나 세월이 지나면서 거기서도 역시 당신의 간절한 염원을 읽을 수 있었다. 천하의 주인이 너희들의 집에 이 이름을 내린 것인 양 여기고 부디 그 실질을 채워라…….

그 밖에 그 당호의 일로 엿볼 수 있는 것은 전통이 축적되는 과정에 대한 공의 통찰이다. 시댁의 본채는 입향조 통정공께서 황무지를 다듬어 일으키신 마흔 칸의 뜰집으로 규모도 적지 않거니와 하마 백 년 세월이 흘렀건만 이렇다 할 당호(堂號)가 없었다. 그런데 공이 새로 지은 그 건물에 충효당이란 당호를 붙이자 그것은 그대로 시댁의 당호가 되고 세월이 지날수록 무게를 더해 갔다. 그리고 고황제의 인본도 나중에 다시 현판으로 새겨져 걸리자 이 땅에서는 희귀한 현판이 되었다. 한 가문의 전통은 앞세대의 빛나는 성취 위에서만 세워지는 것이 아니라 뒷세대의 성취를 향한 앞세대의 욕심으로도 형성될 수 있음을 공은 알고 계셨던 듯하다.

가문 ─ 첫 번째 선택

"무슨 운수로 이 복 없는 사람의 집에 왔는가. 앞으로 천근을 지고 높은 산을 오르듯 할 것이니 그 어린 몸이 지탱해 낼까 실로 알시럽네(안쓰럽네). 허나 차일시(此一時)면 피일시(被一時)라 종내 그러하지는 않을 터인즉 과히 분별(걱정) 마소."

신행 첫날밤에 군자께서는 가만히 내 손을 잡으시면서 어두운 얼굴로 그리 말씀하셨다. 그때는 이 같은 날에 어인 분부실까, 싶었으나 그 연유는 차차로 밝혀졌다.

앞서 말한 것처럼 군자께서는 운악공의 셋째분이셨고 나는 셋째 며느리였다. 셋째 며느리도 가문의 일원이기는 하지만 가문의 내면적인 성패를 고스란히 짊어져야 하는 맏며느리와는 달리 다소간 그런 부담에서 비켜선 자리에 있다. 그러나 셋째 며느리도 재취로 들어간 내게 주어진 것은 맏며느리보다 더한 가문의 부담이었다.

네 해 전에 둘째 시아주버님 우계공이 돌아가시고, 그해 다시 맏시아주버님 청계공이 세상을 버리시자 군자께서는 갑자기 몇 해나 더 늙어버리신 듯한 운악공을 대신해 어쩔 수 없이 가독(家督)을 맡으셔야 했다. 역시 나이 드신데다 잇따라 자제분들을 (저승길에) 앞세운 참사로 소소한 집안일에 뜻을 잃으신 시어머님을 대신해 젊은 안주인으로서의 모든 역할과 책임을 져야 하는 데는 나도 군자와 처지가 같았다. 두 분의 맏며느리요 내게는 맏동서가 되는 무안 박씨가 아직 살아 계셨으나 그분은 그때 이미 부군 청계공을 따라갈 마음을 굳히고 계셨다. 고침을 눈물로 적시며 밤낮으로 청계공의 빈소를 떠나지 않으시니 안의 일은 절로 내 몫이 될 수밖에 없었다.

나는 겨우 열아홉 난 새댁으로 위로는 가만히 계셔도 조심스럽기 그지없는 시부모님과 돌보는 이만 없으면 곡기(穀氣)를 끊는 맏동서에 산사람과 다름없는 정성으로 받들어야 할 빈소 둘을 모셔야 했다. 또 손아래로는 아직 살림 나지 않은 시아주버님 호군공과 미성(未成)인 처사공에 신일(莘逸)과 부일(傅逸)을 비롯한 청계공의 다섯 유자녀며 상일(尙逸)을 비롯한 군자의 전취 소생 세 남매를 돌봐야 했다. 거기에 군자를 더해 어느 누구 함부로 대할 수 없는 식구만도 열넷이었다. 집안에 거느린 안팎 종들과 드난살이도 그 수가 적지 않았다. 뿐만 아니라 사랑에는 언제나 손님이 끊어지지 않고 갈 데 없는 일가친척들도 식구대로 모여들어 마흔 칸 뜰집이 언제나 비좁을 지경이었다.

아침저녁으로 모이는 권구(眷口)가 많을 적에는 이백이 넘고 한 끼에 익혀야 할 곡식이 말[斗]로 헤어야 할 양이니 비록 안팎 비복들이 있다지만 방간 일만으로도 하루 해가 짧았다. 거기다가 챙겨야 할 식구들의 입성이 또 만만찮아 늙은 침모(針母)만으로는 사랑채의 의대(衣帶) 수발도 바빴다. 시간을 쪼개고 잠을 아껴도 할 일은 나날이 태산처럼 쌓여가기만 했다.

그러나 그로 인한 손발의 수고로움보다도 더 견디기 힘든 것은 절로 내게만 쏠려오는 가문의 무게였다. 시부모님의 기력이 쇠해 가실수록, 그리고 군자께서 학문에 몰두하면 하실수록, 가문을 지탱하고 일으키는 자잘하고 궂은일뿐만 아니라 그 정신적인 바탕의 형성까지 내게로 넘어왔다. 그런데 내게는 아직 그런 것까지 감당해 낼 마음의 채비가 되어 있지 않았다.

내 시대의 가문이란 자아가 비대할 대로 비대해진 지금 사람들의 안목으로 보면 원천적인 억압 구조이다. 가문을 이루는 것은 개인들이지만 한번 가문이란 틀이 형성되면 개인은 그 속에 매몰되어 독립된 존재를 부정당한다. 가문은 개인을 우선하며 가문의 요구가 있으면 그 구성원들은 무엇이든 양보하고 희생하지 않으면 안 된다.

그래도 남성 쪽은 그리 억울할 것이 없다. 가문이란 가부장적인 대가족 제도의 동양적인 이념형 같은 것으로, 개인은 거기에 자신을 바침으로서 자아를 공간적으로뿐만 아니라 시간적으로도 무한히 확대할 수 있다. 누구든 가문의 한 사람이 이룩한 것은 곧 가문의 성취가 되고 그것은 또한 거기에 속한 모든 구성원의 성취로 전화(轉化)한다. 가문은 시간을 뛰어넘는 생명력을 가져 앞서 살아간 조상도 아직 태어나지 않은 후손도 한가지로 그 구성원이다. 그런데 그 가문은 남성의 혈통을 바탕으로 이루어진 까닭에 남성 쪽으로 보아서는 그대로 끝없는 자아의 확대가 된다.

하지만 여성 쪽에서 보면 가문은 대가 없이 희생만 요구하는 억압 구조일 뿐이다. 제도적으로 성취의 길이 막혀 있어서이겠지만 여성의 성취는 가문의 성취에 들지도 않고 남성 구성원의 성취가 여성의 성취로 전화하는 것도 극히 제한적이다. 그것은 무엇보다도 가문의 권화(權化)라고도 할 수 있는 족보의 표기법에서 잘 드러난다. 극히 드문 예외를 빼면 여성은 거의 이름이 없고 부계(父系)의 성씨로만 특정된다. 가문의 일원으로 나눠 갖는 성취도 대개는 남편이나 자식들의 특별한 영달을 반영하는 외명부(外命婦)로서의 봉작이 고작이다.

나와 같은 처지가 아니라도 우리 시절 갓 시집간 여성에게 가장 먼저 다가오는 것은 그 가문의 문제이다. 여성들은 무슨 자명한 진리처럼 가문의 소중함을 교육받고 그대로 순응해 왔다. 솔직히 말하면 비록 시아버님 운악공의 강조가 인상적인 것이기는 해도 내가 시댁 가문의 소중함을 내 것으로 껴안게 된 데는 출가 전 친정에서 주입받은 고정 관념의 힘이 더 컸는지도 모른다.

하지만 이미 말했듯 나는 출가 전에 깊이는 아니지만 학문의 맛을 본 사람이었다. 대단하지는 못해도 그런대로 성취도 누려보았다. 따라서 그 두 가지 기억은 여느 새댁네들과는 달리 내가 고정 관념에 맹목적으로 순응하는 것을 방해하기도 했다. 학문은 가문이라는 것이 개체로서의 나를 우선할 만한 것인가를 이치로 따져보게 했고 포기했던 성취들은 과연 가문이 그것들 중 어느 하나와도 바꿀 만한 값어치가 있는 것인가를 헤아려보게 했다.

첫 번째로 가문이 나를 우선할 수 있는가의 문제, 바꾸어 말하면 가문이란 것이 진정한 자아 확대의 수단일 수 있는가 하는 것은 쉽게 답이 나올 수 있는 물음이 아니었다.

'어차피 너는 육십 년 혹은 칠십 년의 제한된 시간만을 살고 가야 한다. 그러나 가문이란 것에 너를 던지고 동일시를 얻게 되면 그 안에서 앞서 살아간 조상들의 삶을 네가 이었듯이 대대로 이어질 네 자손에게까지 네 삶은 연장된다. 또 내 삶은 한정된 공간에 갇혀 있다. 높아야 여덟 자에 못 미치는 시각과 멀어야 십 리에 못 미치는 시력과 빨라야 한 시간에 백 리도 이동하지 못하는 몸속에 갇혀 있다. 그러나 아직 태어나지 않은 미래의 구성원들까지 포함된 가문이란 존재의 틀 속에 들어가게 되면 너의 공간은 무한이라고 해도 좋을 정도로 넓혀진다. 그 확대된 시간과 공간의 성취

가 모두 너의 것이 된다⋯⋯.'

가문을 통한 자아 확대의 논리는 대강 그러할 것이다. 하지만 그것을 받아들이려면 두 가지 전제를 필요로 한다. 하나는 영혼 불멸 혹은 존재의 영속성에 관한 믿음이다. 우리 혼이 어떤 형태로든 영원히 살아 있는 것이 아니라면, 스러지는 육신과 마찬가지로 우리 영혼도 사라져 죽음이란 것이 우리를 무(無)로 되돌려버리는 것에 지나지 않는다면, 죽음 뒤를 향한 모든 노력은 헛된 것이 되고 만다. 다른 하나는 존재의 개별성 부인이다. 존재는 개별적으로는 무의미하거나 결코 완전할 수 없고 오직 집단을 통해서만 그 완전한 실현 양식을 찾을 수 있는 것일 때만 가문의 논리는 승인된다.

그렇지 않으면 설령 그게 가치 있는 것이라 한들, 그걸 통해 내 삶이 시간적으로 연장되고 공간적으로 확대된다 한들, 그 속에 한 번뿐인 삶을 선뜻 내던지기는 어렵다. 그것이 요구하는 일생의 복종과 인내와 희생을 자아는 본능적으로 거부한다. 그런데 그 두 가지 전제는 어느 쪽도 명확히 검증될 수 있는 것은 아니었다.

거기다가 가문의 대표성에는 거의 참여할 수 없는 여성 구성원으로서의 저항감도 있었다. 이미 말했듯 여성은 그렇게 불확실한 전제 위에 세워진 가문의 이념에마저 직접적으로 자신을 투영시킬 수 없었다. 부부일신(夫婦一身)이라는 또 한 번의 동일시, 혹은 개별성의 부인을 겪고서야 가문의 일원에 겨우 끼여든다. 두 번의 자기 부인을 거쳐야만 이룰 수 있는 가문의 이념이란 것이 진정 내가 껴안을 만한 가치일 수 있는가.

내 신혼의 어느 시기까지였는지는 모르지만 상당 기간 나도 그 때문에 갈등을 겪어야 했다. 검증되지도 않은 전제들 위에 세워진 가설, 오래전부터 그렇게 믿어왔다는 것 이외에 확실한 것은 아무 것도 없는 의제(疑制)에 그대로 나를 맡기는 일이 쉽지는 않았다. 특히 그것이 내가 견디기 어려울 정도의 노동이나 긴장을 요구할 때는 더욱 그랬다.

그렇지만 시댁의 가문을 기꺼이 내 것으로 받아들이고 그보다 큰 성취에 나를 송두리째 바칠 수 있게 한 나 자신의 최종적인 논리만은 아직도 선명히 기억한다. 요즘의 말투로 요약하면 대강 이러할 것이다.

'어차피 세상에 확실한 것은 아무것도 없다. 중요한 것은 우리가 그렇게 느낀다는 것, 그리고 그렇게 믿는다는 것이다. 나는 우리 존재가 죽음으로 온전히 무가 되는 것보다는 증명하기 어려운 영혼이라도 영원히 이어가는 것이기를 바란다. 작고 무력한 개별성보다는 비록 거듭된 의제일지라도 피로 확대된 존재의 큰 틀에 더 많은 기대를 걸고 싶다.

세상은 얼마나 많은 믿기 위한 미신으로 가득 차 있는가. 엄밀히 따지면 세상의 모든 가르침은 우리가 진정으로 믿어서가 아니라 그렇게 믿고 싶어서 만든 믿음의 체계에 지나지 않을는지도 모른다. 주관적인 환상에 지나지 않더라도 불가지(不可知)의 혼란과 방황보다는 낫다. 시간과 공간에, 그것들이 강제하는 허무와 고독에 속절없이 드러나 있는 존재를 감싸줄 수 있는 것이라면 전혀 검증될 수 없는 미신일지라도 나는 믿고 싶다.'

피할 수 없는 강요에도 선택의 여지는 있게 마련이다. 맹목적인 순응과 적극적인 수용은 다르다. 우리 시대 여성들에게 가문은 피할 수 없는 강요였다. 그러나 나는 맹목적으로 순응한 게 아니라 그런 나름의 논리를 통해 적극적으로 그 이념을 껴안았고, 그런 뜻에서 감히 가문을 내가 결혼 뒤에 첫 번째로 한 선택이었다고 말하고 싶다.

귀한 손님처럼

이제 한 지어미로서의 내 삶을 돌이켜볼 때가 되었다. 옛적의 법도로 보면 가문에서 지어미의 무게는 다른 역할보다 앞세울 만한 것이 못 된다. 며느리로서가 먼저 얘기되어야 하거나 어머니로서, 혹은 가문의 새로운 안주인으로서의 삶이 먼저 얘기되어야 할지 모른다. 그러나 듣는 이가 요즘 사람인만큼 그 무겁게 여기는 바에 따라 나도 지어미를 앞세우고자 한다.

뒷사람이 쓴 내 실기에 보면 이런 구절이 있다.

〈……부인이 군자를 받들어 섬기기를 존빈(尊賓)같이 공경하여 육십 년을 해로하되, 한결같이 입문지초(入門之初)의 공경이요 한 번도 용모 사기(辭氣=말과 얼굴빛)에 설만(褻慢)한 의사를 보이지 아니 하더라. 매사를 품(稟)한 후에 행하시며 아무리 조급하고 절박한 일이라도 군자께 종순(從順)하여 임의로 천단(擅斷)함이 없으시고 상해(늘상) 하시는 말씀이 '유화하고 공손한 도리는 부녀의 직분이라, 밖에서 하는 일을 부녀가 간섭하여 내간 소리 높이 나면 바로 옛 사람이 훈계하신 바 새벽 암탉 소리는 인간의 재앙이라, 그 아니 두려우랴' 하시더라.〉

남편이 고함을 치면 맞고함을 치는 게 남녀평등이요 모든 결정은 혼자서 제꺽제꺽 내릴 수 있는 게 유능한 주부로 알고 있는 요즘의 여성들로서는 이 같은 구절에서 봉건 시대의 굴욕적인 여성상밖에는 읽을 수 없을 것이다. 특히 '새벽 암탉……' 부분에서는 심한 모욕감까지 느낄는지도 모른다.

어떤 자유로운 정신은 여기서 그 시절의 여성에게 가해진 구조적 억압 혹은 정신적 폭력에 치를 떨 수도 있다. 그것이 얼마나 완벽하고 철저하였으면 한 인간에게서 그처럼 굴종적인 행태를 끌어낼 수 있었을까, 하는 마음으로 나를 동정해 마지않을 것이다. 그리고 자신이 그런 시대에 살지 않게 된 것을 그지없이 다행으로 여길 것이다.

내가 보인 순종과 공손함의 자발성을 인정해 준다 해도 어디까지나 예외적인 경우로서일 뿐이다. 곧 군자의 완성된 인격이 나를 감화시켜 순종과 공손함을 이끌어냈거나 내가 타고난 성품이 특별히 순종적이었다는 설명이 그렇다. 내가 피나는 자기 수양으로 그런 행실을 쌓을 수 있었다고 설명해도 예외적이기는 마찬가지다.

그 밖에 또 하나 그 구절에 가능한 현대적인 해석은 과장의 혐의다. 아내로서의 기나긴 삶에서 남보다는 다소간 나은 부분을 극도로 과장하여 그런 구절을 남겼다고 보는 입장이다. 성인도 노여워함과 성냄이 있거늘 한 남녀 간의 속된 삶에 있어서랴.

솔직히 말하자면 내가 아내의 자리매김을 그같이 하게 된 데는 틀림없이 그 네 가지 설명 모두가 한몫을 했다. 나는 그것이 당연한 시대에 태어났고 그렇게 교육받았다. 군자께서는 일생을 자기 완성을 위해 싸우신 참다운 선비였고 나 또한 삶을 누리러 온 것이 아니라 힘들여 채우러 왔다는 일념으로 일생 긴장을 풀지 않았다. 거기에 뒷사람의 부질없는 과장이 더해져 그런 구절로 아내로서의 내 삶이 요약되었을 것이다.

그렇지만 여기서도 한 가지 꼭 보태고 싶은 것이 있다. 그래도 아내로서의 내 삶을 그렇게 과분하게 요약할 수 있게 한 가장 큰 힘은 역시 선택에서 왔다는 점이다. 나는 아내로서 남편과의 관계를 스스로 그렇게 선택했는데 그 열쇠는 군자를 자리매김한 '존빈(尊賓)'이란 말에서 찾아볼 수 있다.

정혼해 놓고 친정에서 보낸 여러 날뿐만 아니라 신행 후의 한동안도 나는 군자가 내게 누구인가에 대해 오래 생각했다. 그는 내 삶에서 어떤 의미를 가지며 나는 어떻게 그를 맞아야 하는가. 그리고 함께 살아갈 긴 삶은 어떻게 대해야 할 것인가.

요즘도 남편이 누구인가를 설명하는 말은 아주 많다. 흔한 것은 성별이 다른 벗이라는 것인데 아마도 가장 널리 지지를 받고 있는 듯하다. 정신적인 추구의 협력자 또는 삶을 영위하는 데 필요한 경제 행위의 동반자도 넓은 의미의 벗에 들어갈 것이다. 육체의 정념을 더불어 풀고 살이의 고단함과 외로움을 함께 달래는 상대로 볼 때도 벗의 뜻이 들어 있다.

보호자나 후견인도 남편의 오래된 딴이름이다. 남편은 부모보다 더 오래 자신을 돌봐주고 감싸주는 존재로서 권위를 인정하는 것인데 남녀의 평등이 손상받는다는 점에서 요즘은 널리 받아들이지 않는 듯하다. 그러나 워낙 전통이 깊은데다 현대의 부부 생활에서도 부분적으로는 여전히 적용될 수밖에 없다는 점에서 쉬 없어지지 않을 남편의 딴이름이다.

반대로 남편은 모성애의 대상으로 이름을 가질 수도 있다. 의식 표면에 잘 드러나지는 않지만 얼마나 많은 여성이 모성적인 보호 본능에 이끌려 남성에게 다가가는가. 남녀의 평등이 실현된 현대 사회에서도 얼마나 많은 아내들이 아이를 보살피는 기분으로 남편을 돌보는가.

그런가 하면 어떤 여성들에게는 남편이 자신을 위한 수단으로 여겨지기도 한다. 그들에게 남편은 몸을 위해 필요한 물질과 쾌락을 제공할 뿐만 아니라 권력이나 명성 같은 정신적 허영을 충족시켜 주며, 고독이나 허무 같은 인간의 본질적 불행까지도 위로받을 수 있는 수단이다. 곧 자신의 행복을 위해 필요로 하는 모든 것을 제공하는 존재로서, 어쩌면 겉으로는 부인해도 현대 여성들에게 가장 널리 퍼져 있는 남편의 딴이름이 아닐지 모르겠다.

아주 드물기는 하지만 그 반대편의 이름도 남편에게 남아 있다. 여성이 자신을 바쳐 기꺼이 그의 수단이 되고 싶은 존재가 바로 그것이다. 요즘은 여성이 극도로 자신을 비하(卑下)한 나머지 가지게 된 이상 심리로만 이해되어 농담조로 쓰이는 '하늘 같은 남편'이란 말 속에나 겨우 그 흔적이 보인다. 그러나 역사적으로는 동서양을 가릴 것 없이 가장 오래된 남편의 딴이름이다.

남편이란 칭호는 어쩌면 그런 여러 이름을 두루 합친 것인지도 모른다. 다만 시대나 상황이 여성들에게 그중의 한 이름을 고르게 할 뿐이다. 그러나 어떤 이름에 무게를 주고 귀하게 여기느냐에 따라 남편과 아내의 관계는 엄청나게 달라진다.

표현은 오늘날과 같지 않아도 우리 시대의 여성들 역시 그 같은 남편의 여러 이름을 알고 있었고 나름으로 선택했다. 따라서 겉으로는 그 시대의 법도나 인습의 강요로 비슷한 외양을 띄는 행동도 내용은 그 선택에 따라 달라질 수밖에 없다. 같은 공경이라도 맹목적인 순종과 자기를 위한 수단과 진심에서 우러난 행동 원리가 어찌 같은 것일 수가 있겠는가.

군자의 자리매김을 두고 한 내 여러 날의 고심은 바로 거기에 있었다. 남편에게 순종함은 우리 시대의 철칙이었지만 나는 그것이 진심에서 우러난 내 행동 원리가 되기를 바랐다. 강요에 따른 굴종이 아니라 스스로 한 선택이기를 원했다. 그리고 마침내 찾아낸 군자의 딴이름이 실기(實記)에서 이른바 '귀한 손님(尊賓)'이었다.

이제 와서 돌이켜보아도 내가 군자를 그같이 자리매김한 것은 자랑할 만한 선택으로 느껴진다. 귀하다는 것은 군자를 향한 내 우러름과 사모함을 간략하게 드러낸 말이다. 손님은 비록 가깝고 익숙하더라도 예(禮)를 잃지 않으리라는 내 다짐의 표현이다.

이 세상에서 군자의 짝이 될 수 있는 여성은 수없이 많다. 그런데 군자께서는 그중에서 나를 찾아주셨다. 그게 군자의 선택이 아니라 정해진 인연이거나 생판 우연이라고 해도 마찬가지다. 누구도 아닌 바로 이 몸과 맺어진 일 — 이 얼마나 귀한가.

자애로우시던 어버이도 이윽고는 우리를 떠나고 다정하던 형제도 끝내 함께 살지는 못한다. 그러나 군자는 죽음이 우리를 갈라놓을 때까지 나와 함께 하신다. 기쁠 때나 슬플 때나 그 모습이 가장 먼저 떠오르고 가장 나중까지 남아 있을 분 — 이 얼마나 귀한가.

세상이 지금 이대로 끝나게 되어 있지 않다면 다음 세대를 낳고 기르는 일보다 더 크고 무거운 일은 없다. 후손들을 통한 자아의 확장 따위를 믿지 않아도 좋다. 사람들의 세상을 이어가는 일은 그 자체로도 넉넉한 무게와 값을 지닌다. 그런데 바로 그다음 세상을 나와 함께 마련하고 가꾸어 나갈 분이 군자이시다 — 이 얼마나 귀한가.

이 귀하다는 말 속에는 다함 없는 정과 우러름과 살가움이 들어 있다. 그런 뜻으로 찾아보면 군자가 이 나에게 귀한 존재일 수밖에 없는 까닭은 이 밖에도 수없이 많다. 어찌 보면 남편이 가진 모든 딴이름도 이 귀하다는 말의 대상이 될 수 있다. 어떤 이름으로 받아들이든 남편은 귀한 존재일 수 있건만 요즘 너희 여성들은 너무 그 귀함을 찾아내지 못하는 것이 아닌지. 혹은 너무 무디어져 그 귀함을 당연히 여기고 있는 것이나 아닌지.

물론 너희도 상대인 남편들에게 귀하기는 마찬가지다. 그런데 남편들은 그 귀함을 이전에도 잘 알아주지 않았고 많이 나아진 지금도 충분히 알아주는 것 같지는 않다. 너희에게는 틀림없이 불만일 것이나 — 그렇다고 그게 너희 무성이나 무덤을 변명해 주지는 않는다. 굳이 성현의 말씀을 들먹이지 않더라도 귀하게 여김을 받고자 한다면 너희부터 귀하게 여길 줄 알아야 한다. 남녀가 진정으로 평등한 존재라면 권리의 주장은 의무의 이행을 전제로 한다. 너희가 할 바를 게을리하고 상대에게만 요구한다면 수천 년 남성의 부조리를 이번에는 너희가 되풀이하겠다는 뜻과 무엇이 다르랴.

내가 부부 사이에 예(禮)를 끌어들여 군자를 자리매김한 말에 '손님'을 넣은 것도 너희에게는 석연치 않거나 불평스러울 것이다. 일생을 한 집안에서 함께할 사람, 서로에 대해 가장 많이 알고 언제나 익숙한 사람, 피와 살을 합쳐 태어난 자손들로 인해 죽은 뒤조차 나뉘기 어려운 존재가 되어버린 사람을 억지스런 예절로 대하기는 선뜻 내키지 않거니와 힘들기조차 하다.

하지만 남편이란 바로 그런 존재이기 때문에 그를 대하는 데 오히려 예가 필요하다. 사람과 사람을 맺는 관계 중에서 본능이 가장 깊게, 그리고 오래 관여하는 것이 바로 부부 관계이다. 본능은 예로 조절되지 않으면 금세 그 이기심과 폭력성을 드러낸다. 그런데 부부는 함께하는 긴 세월 때문에 가장 많이 그 본능의 이기심과 폭력성에 노출되어 있다. 짐승의 암수와 사람의 부부를 구별할 수 있는 것은 오직 예뿐이다.

실기의 과장스런 요약에도 불구하고 내가 과연 군자를 '귀한 손님'으로 잘 받들었는지는 자신 있게 말하기 어렵다. 다만 일생을 그렇게 살고자 애쓴 것만은 틀림이 없고 뒷사람도 그 성의와 노력을 높이 사서 그같이 적어 놓았을 것이다.

하지만 내 그런 받듦과 섬김이 반드시 눈먼 따름을 뜻하지는 않는다. 더러는 군자의 뜻을 받들기 어려울 때도 있었으나 그때조차도 예를 다하고 공경함을 잃지 않았을 뿐이다. 그중에 하나가 군자의 거취를 둘러싼 우리 내외간의 불일치와 그것을 풀기 위한 내 고심이었다.

의리는 정대(正大)한 것이되 분한(憤恨)에 사무치면 지나칠 수 있고 개결(介潔)을 숭상함은 아름다운 일이나 외곬로 치달으면 편벽되기 쉽다. 군자께서는 일생을 의롭고 개결하게 살고자 애쓰셨고 나도 그 뜻을 우러러 받들었다. 그러나 세상과 시절이 맞지 않으니 군자께서도 지나치고 치우친 바 없지 않으셨다.

군자께서 세상을 등지기 시작하신 것은 삼전도(三田渡)의 치욕이 있었던 병자년부터가 된다. 그해 남한산성에서 밀려든 청나라 대군에게 에워싸인 채 외롭게 항전하던 인조 임금께서 주화파(主

和派)의 논의를 받아들여 오랑캐에게 무릎을 꿇게 되자 군자께서는 이런 시를 남기셨다.

> 하늘과 땅 너르게 펼쳐 아득히 끝이 없고
> 해와 달 곧게 비추이기 예와 다름없건만
> 누가 오랑캐의 먼지로 (이 땅을) 더럽혔나
> 남한산성 한 계책이 조선을 그르쳤어라.

> 乾坤浩蕩大無邊
> 日月貞明自古然
> 誰遺胡塵生汚穢
> 南城一計誤朝鮮

이미 소장 학자로 인근에 이름을 얻고 계셨지만 그때까지도 군자께서는 과업(科業)을 단념하지 않으셨다. 친상(親喪)을 당해 여러 해를 여막(廬幕)에서 성경(誠敬)을 다하시느라 불혹을 넘기기는 해도 등과(登科)는 일찍 돌아가신 두 분 형님의 한을 풀어드리는 일일 뿐만 아니라 가문의 염원이기도 했다. 그런데 삼전도의 비보가 이르자 군자께서는 과업을 폐하시고 세상과 등지기 시작하셨다.

신종(神宗) 황제의 은의를 저버리고 오랑캐에게 무릎을 꿇은 임금은 이미 마음을 다해 충성할 대상이 못 되었고 오랑캐와 화친을 주장하는 사문난적(斯文亂賊=여기서는 양명학)의 무리가 들끓는 조정은 이미 도산 이부자(李夫子)의 성리학(性理學)을 받드는 선비가 발 디딜 곳이 못 되었다. 때마침 청계공의 맏이 신일(莘逸)이 장성하여 가독을 맡길 만하자 군자께서는 시어머님 진성 이씨를 모시고 운악공의 산소가 있는 한밭(大田=영양군에 있는 땅 이름)으로 들어가셨다. 그리고 이태 뒤에는 더욱 한갓진 산골 석보(石保)로 들어가 그곳 물이 맑은 석계(石溪) 위에 집을 지으시고 스스로 호를 석계라 하시었다. 그 후부터 세상 사람들은 군자를 석계 선생이라 부르게 되었는데 그 무렵 지으신 〈우음(偶吟)〉에 이런 게 있다.

　　맑은 냇물에 두 발을 씻고
　　푸른 소나무 아래 바람을 쐬네
　　마음에 바깥 생각 전혀 없으니
　　구름 또한 한가로운 모습이구나

　　濯足淸川水
　　承凉碧坤松

心專無外念

雲物亦閑容

　시가 지(志)요 의(意)라면 군자께서는 그때 이미 은거의 뜻을 굳히신 듯하다. 그러나 몸소 「유거기(幽居記)」를 지으시어 세상에 널리 그 뜻을 알린 것은 수비산(首比山)으로 드실 때가 된다. 자상(慈喪)을 당해 나라골로 돌아가셨다가 석보로 되돌아오신 지 삼 년 만이요, 충민공(忠愍公) 임경업(林慶業) 장군이 힘없고 못난 조국의 매 아래 돌아가신 그해이다.

　병자년의 국치가 있고 오래잖아 아직 군자께서 온전히 세상에 뜻을 잃지 않으셨을 때의 일이었다. 조정에서 내린 벼슬도 마다하시고 상소를 올려 오랑캐를 무찌를 계책을 극언하시던 군자께서는 같은 뜻을 품은 임경업 장군을 찾아가 반청(反淸)의 대의와 방책을 논하셨다. 그때 감동한 장군은 군자께 절을 올리며 말하였다 한다.

　"하늘의 뜻이 포악한 자를 싫어하여 왕사(王師)를 일으킨다면 병기를 잡고 앞장서는 일은 마땅히 내가 맡을 것이니 계책을 세우고 시행하는 일은 선생의 말씀을 따르겠소."

　그런 충민공이 오랑캐와 한번 싸움다운 싸움조차 벌여보지 못하고 허망하게 돌아가시니 군자의 낙담이 오죽하셨으랴. 그때 군자께서 눈물을 홀리시며 탄식하신 구절에 이런 게 있다.

> 벽에 기대 부질없이 천하의 일을 생각하네
> 신주(神洲) 회복을 뜻하는 이 이제 아무도 없구나.

여기서 신주는 이태 전 의종(毅宗)의 죽음으로 사실상 망해 버린 명나라를 가리킨다. 그리고 그때부터 군자의 지나침은 시작된다. 군자께서는 반청(反清)의 대의를 대명절의(大明節義)로 바꾸시고 명나라가 망할 때의 연호(年號)를 빌어 숭정거사(崇禎居士)를 다시 자호(自號)하시게 된다. 또 영양현(英陽縣) 일월산(日月山)을 수양산(首陽山)에 비(比)한다 하여 수비산(首比山)이라 이름하고 그 한 자락을 골라 숨으셨다.

명나라가 백만 대군을 보내 왜적에게 짓밟힌 이 땅을 구해 줌으로써 우리는 틀림없이 명나라의 은의를 입었고, 은의를 베푼 이를 잊지 않음은 아름답다. 짐승 같은 오랑캐에게 항복한 것도 모자라 충성스런 장수까지 제 손으로 죽인 조정도 틀림없이 외면받아 마땅할 만큼 힘없고 못났으며, 그 조정에 벼슬하기를 마다한 것은 깨끗한 선비답다. 그러나 스스로 명나라의 신하를 자처하고 망해 버린 명나라에 대한 절의에 일생을 거는 것은 아무래도 지나쳐 보인다.

군자의 지나치심은 거기에 그치지 않았다. 세상에 뜻을 잃으심과 아울러 가사조차 돌보지 않으시니 집안살이가 전 같을 수 없었다. 비록 시아버님 운악공으로부터 약간의 분재(分財)가 있었으나 그때 이미 열 명이 넘는 자식을 거느린 큰 살림을 나 홀로 꾸려가기에는 어려움이 많았다.

하지만 내가 못 견딘 것은 숨어 사는 외로움이나 넉넉잖은 살이의 고단함이 아니었다. 비록 대의가 아름답다 해도 종내에는 아무 남기는 것 없이 군자의 삶이 허비되는 게 무엇보다도 민망하고 안타까웠다. 수비산으로 든 지 몇 해 뒤 나는 마침내 군자께 아뢰었다.

"세상이 망해도 사람은 길러야 합니다. 사람이 없으면 아름다운 뜻이 무슨 소용이겠습니까? 더구나 지금 슬하의 여러 자질(子姪)이 아무 배움도 없이 나이만 먹어가니 장차 이 일을 어찌해야 될는지 알지 못하겠습니다."

비록 그 뜻은 군자를 거스르는 것이었으나 나는 예를 다했다. 여러 날을 고심해 군자의 삶을 그 지나치심과 치우치심에서 끌어낼 구실을 궁리하였고 정성스러움과 공경함을 잃지 않고 그것을 드러냈다. 성품이 엄중하신 군자였으나 그같이 예를 갖춘 거스름에는 역정을 내지 못하셨다. 그날은 무연히 들으시더니 다음날 내게 조용히 이르셨다.

"부인의 정성이 그러하니 내 차마 외면할 수 없네. 매달 초하루와 보름에는 사랑을 열 것이니 아이들더러 그때 들라 하소."

그리하여 먼저 데리고 있던 아이들이 배우기를 시작하고 이어 나라골의 족질들이 고개를 넘어왔다. 소문이 퍼져 인근의 유생들이 몰려들자 곧 숨어 사는 선비의 초당(草堂) 사랑방으로는 다 받을 수가 없게 되었다. 여기서 뒷날의 영산서원(英山書院)이 자라났다.

비분과 강개를 의탁할 곳이 생겨서인지 군자께서도 은거자의 음울과 침체에서 조금씩 벗어나셨다. 초하루와 보름이라는 날자는 끝내 지키셨으나 그날이 오면 열성으로 사서(四書)와 심경(心經), 「근사록(近思錄)」 등을 가르치시다가 때로 유생들에게 이르셨다.

"우리 동방의 요즘 사세(事勢)는 금(金)의 침략을 받아 시달리던 남송(南宋) 시절과 합치되는 일이 많다. 오랑캐의 억압이 엄해 당장은 서쪽으로 달려가 대의를 위해 싸울 수 없다 하더라도 적을 무찔러 원수를 갚는 일이 오늘날 가장 먼저 해야 할 급한 일임을 너희들은 결코 잊어선 안 된다."

그리고 소매에서 주자(朱子)의 봉사(封事=임금께 올리는 글)를 내어 큰소리로 읽으신 다음 눈물을 짓기도 하셨다.

하지만 수비산(首比山: 일월산)은 너무 깊고 외진 곳이라 자손들과 더불어 오래 터 잡을 곳은 못 되었다. 자라는 아이들의 학문과 진취(進就)를 위해서도 좀 더 세상에 가깝고 트인 땅이 필요했다. 이에 나는 숨어 살고 싶어 하시는 군자의 뜻을 다시 한번 거스르기로 작정하고 이번에는 세월과 재력을 들여 채비를 갖추었다.

내가 자란 춘파에서 멀지 않은 곳에 두실원[兜率院]이란 땅이 있었다. 지세가 순하고 들이 기름진데다 도산 이부자(퇴계선생) 이래로 추로지향(鄒魯之鄕=공자와 맹자가 난 곳과 같은 땅이라는 뜻)이란 이름까지 얻고 있는 안동에서 멀지 않아 한번 자리 잡아 볼 만한 땅이었다. 나는 가만히 사람을 풀어 아무도 살지 않는 부근의 땅을 헐값에 사들인 뒤 그곳에 논과 밭을 열었다. 그런 다음 농막 몇 채를 넣고 동네 이름을 대명동(大明洞)이라 쓰게 하니 원래 사람이 살지 않던 곳이라 곧 모두에게 그렇게 불리게 되었다.

그 일에 여러 해가 걸려 그때 내 나이는 벌써 육순을 넘기고 있었다. 그러나 나는 참고 기다리다가 그 모든 채비가 갖춰지고서야 군자께 말씀드렸다.

"사람을 가르치는 것은 먼저 가르칠 만한 재목을 고르는 일에서 비롯된다고 들었습니다. 십철(十哲=공자가 가르친 열 명의 뛰어난 제자)이 없고 어찌 공부자(孔夫子)가 있겠으며, 도산 이부자인들 팔고제(八高弟) 분이 없으셨다면 어찌 오늘날 만한 성세를 누리실 수 있었겠습니까. 이곳 수산(首山=수비산)은 너무 깊고 외진 곳이라 군자에게 즐거움을 줄 만한 인재를 얻기가 어렵습니다. 안동 근방만 해도 한결 나을 법 합니다만……."

이번에는 군자께서도 완강하셨다.

"그곳은 이미 오랑캐의 땅이나 다를 바 없네. 내 어찌 그 더럽혀진 땅에 다시 발을 딛겠는가."

그러시면서 왼고개를 트셨다. 나는 더욱 얼굴빛을 부드럽게 하고 목소리를 낮추어 아뢰었다.

"촉한(蜀漢)의 봉추(鳳雛=방통)는 낙봉파(落鳳坡)란 땅 이름을 듣고 자신이 죽을 곳을 알아보지 않았습니까. 내 들으니 두실원에 대명동이란 동네가 있다고 합니다. 거기라면 숭정처사(崇禎處士)가 살아도 욕되지 않은 땅이 아닐는지요."

그러자 군자께서는 한동안 가만히 헤아리시더니 처연히 고개를 끄덕이셨다. 수비산에 은거한 지 거의 스무 해 만의 일이었다. 나중에 군자께서는 그때의 심경을 글로 남기시기를,

〈해와 달이 어두워지고 (머리에 쓸) 갓과 (발에 신을) 신이 있어야 할 자리가 바뀌었다. 사방을 둘러보되 장차 어디로 돌아갈 것인가. 안동부(安東府)에 대명동이란 땅이 있어 황조(皇朝)의 옛 이름에 들어맞으니 백수(白首)의 외로운 신하가 그 죽을 곳을 얻었다.〉

라 하셨다.

이로 미루어 군자께서는 뒷날까지도 대명동의 이름이 어디서 유래했는지를 알지 못하신 듯하다. 속임은 거스름 중에서도 큰

거스름이니 나는 그때 군자를 가장 크게 거스른 셈이 된다. 그러나 조금만 뜻이 달라도 낯섶부터 먼저 내고 심하면 맞고함에 삿대질조차 서슴지 않는 요즘의 너희에게는 그게 거스름 축에나 들지 모르겠다.

두 마리 학을 위한 비명(碑銘) ─ 정절(貞節)에 대하여

소녀 시절 글씨 공부를 할 때 나는 안노공(顔魯公=唐代의 명필 顔眞卿)의 법첩(法帖)을 더러 써보았다. 그중에 「쌍학명(雙鶴銘)」이란 게 있는데 글씨가 힘찰 뿐만 아니라 내용이 애절해 오래 기억에 남아 있다. 서문은 안노공이 그 비명을 쓰게 된 경위를 적은 것으로 대강 이러하다.

〈성오(星悟)란 스님이 학을 좋아하여 두 마리를 못 가에 놓아 길렀다. 그 두 마리 학은 정답게 물을 마시기도 하고 모이를 쪼기도 하면서 자적(自適)하였는데, 어느 날 그중 한 마리가 다리에 병이 들어 죽었다. 그러자 남은 한 마리도 모이를 끊고 며칠이나 슬피 울다가 따라 죽고 말았다. 이를 보고 감동한 성오는 땅을 파고 그 두 마리 학을 묻은 뒤에 비석을 세우고 내게 이 비명을 청했다······.〉

이에 안노공은 붓을 들어 먼저 그 두 마리 학이 살아 있을 때의 다정한 모습과 한 마리가 죽은 뒤에 남은 한 마리가 슬퍼하는 모습을 그렸다. 그리고 이어 홀로 살기보다는 죽어 한 구덩이에 묻히기를 바라는 의(義)를 찬양한 다음 그 날짐승보다 못한 세상의 불의를 부끄러워하는 말로 비명을 맺었다.

뒷날 절의를 지켜 죽은 사람답게 안노공은 오직 그 날짐승의 의만 말하고 암수의 정에 대해서는 한 마디도 남기지 않았다. 그러나 다감한 소녀 시절이라 그랬는지 나는 그 두 마리 학이 암수일 것 같았고 남은 한 마리의 순사(殉死)도 남성적인 의(義)보다는 여성적인 정절을 지키기 위함으로 여겨졌다. 따라서 내가 「쌍학명」에서 받은 것도 의로움이 주는 교훈보다는 애절한 아름다움이 주는 감동이었다.

그런데 나라골로 시집온 지 세 번째가 되던 해 나는 바로 내 눈앞에서 이번에는 사람이 연출하는 그 아름다움을 섬뜩하게 바라보아야 했다. 내게는 맏동서가 되는 청계공의 배위 무안 박씨가 마침내 순절하신 것이었다. 내가 시집오기 얼마 전에 자결하신 우계공의 배위 무안 박씨에 이어 한집에서 두 번째로 보는 순절이었다.

청계공의 배위 무안 박씨는 무의공(武毅公) 박의장의 아우요, 임란 때 통신 부사로 일본에 건너가 조선의 기개를 보인 목사 박홍장(朴弘長)의 따님이시다. 우계공의 배위 무안 박씨와는 종반(從

班)간으로 두분이 나란히 한 집안에 며느리로 드셨는데 내가 시집 오던 그해 여름 청계공이 돌아가시자 그분도 이미 순절한 아우 동 서처럼 부군을 따라 죽을 뜻을 굳히고 계셨다.

한 지아비를 향한 여인의 정절은 비록 삼강오륜에는 들어 있지 않아도 그 어떤 것보다 더 엄중하게 요구되던 미덕이었다. 그러나 그 요구는 아주 세련되고 기교적인 형태를 띠었다. 물론 여기서도 위반은 엄한 처벌이 있었으나 그보다 더 자주 활용된 것은 포상 을 통한 장려였다. 마을마다 문중마다 서 있던 열녀문과 비각이 그 대표적인 예가 된다.

흔히 순절을 포상해 세워지는 열녀문과 비각은 시집 가문의 명 예일 뿐더러 그녀를 길러낸 친정집의 자랑이기도 해서 순절은 양 가 모두에서 장려되었다. 따라서 지아비를 따라 죽는 일은 때로 종교 초기의 순교열(殉敎熱)만큼이나 세찬 열기로 우리네 옛 여인 들을 충동했다. 특히 나이 젊은 과부의 순절은 가문의 명예를 더 함과 아울러 아직 다 불태우지 못한 여인의 정념을 지켜보고 돌 보아야 하는 부담을 덜어주는 것이어서 시집의 방조 또는 은근한 협력 아래 이루어지기 일쑤였다.

하지만 청계공의 배위되시는 맏동서 무안 박씨의 순절은 경우 가 달랐다. 이미 둘째 동서 우계공의 배위께서 순절하여 나라에 서 정문(旌門)이 내려진 터라 아무리 가문을 위한 욕심이라도 참혹한 순절을 두 번씩은 원하지 않았다. 더군다나 만동서는 그때 이미 마흔을 바라보는 나이였고 무엇보다 길러야 할 아이들이 다섯이나 되었다.

처음 만동서가 순절의 뜻을 보일 때부터 집안은 아래위가 한마음이 되어 달래보려 애썼다. 특히 내게는 신행 이튿날부터 그런 만동서를 지켜보는 일이 맡겨졌다. 나는 보는 눈만 없으면 곡기를 끊는 만동서를 달래 끼니를 챙겨드려야 했고 둘이 있을 때는 그 뜻을 돌려보려 정성을 다했다.

"형님, 아직 어린 저 아이들을 어쩌시렵니까. 돌아가신 시아주버님의 뜻도 결코 형님 같지는 않을겝니다."

하지만 소용이 없었다. 모든 식구들이 지켜보며 말리자 그분은 보다 은밀하고 끈질긴 순절의 길을 택하였다. 권하면 억지로 수저를 드셔도 기름기는 물론 간장조차 잡숫지 않으니 밥맛이 날 리 없고 양분이 갖춰질 리 없었다. 또 상중의 애도까지 말리지 못함을 틈타 밤낮으로 고침에 엎드려 울며 몸을 혹사하셨고 겨울이 와도 솜 놓은 옷을 입으시지 않아 병을 부르셨다. 그리하여 마른 삼대같이 시들어가시더니 마침내 탈상을 하루 앞두고 고침에 엎드린 채 숨을 거두시고 말았다.

솔직히 말하면 그때도 나는 그런 만동서의 죽음을 밝고 어진 선택으로는 보지 않았다. 무엇보다도 그분에게는 길러야 할 아이들이 다섯이나 있었다. 지아비를 향한 정성이 크다 해도 어미 된 도리를 저버리는 것까지 덮어주지는 않는다.

하지만 나는 고침에 엎드려 잠자듯 숨겨 있는 그분에게서 어떤 섬뜩한 아름다움을 느꼈다. 거친 베옷에 싸여 있었지만 그분은 무언가 거룩한 빛살 아래 잠들어 있는 한 마리 희디흰 학처럼 느껴졌다. 〈의(義)는 홀로 살지 아니하고 죽어 한곳에 묻히기를 바라노라(義不獨生死同穴)〉라는 「쌍학명」의 구절을 절로 연상케 하는 정경이었다.

순절이란 극단으로 이념화한 정조 의무가 빚어낸 인간 특유의 행태이다. 「쌍학명」에서처럼, 혹은 원앙이나 어떤 종류의 짐승들에게도 순절과 비슷한 현상이 없는 것은 아니나 그들에게는 인간에게서와 같은 이념미(理念美)가 없다. 전혀 우연이거나 우리가 알 수 없는 어떤 생태적인 연유로 홀로 살 수 없게 된 것에 지나지 않는다.

하지만 남성 우위의 사회에서 정조 의무가 여성에게만 일방적으로 강요되었다는 이유로 순절을 보는 너희 현대 여성들의 눈길이 곱지 않음을 나는 안다. 잘해야 그릇된 이념화의 희생이요, 심하게는 어리석음의 극치로 보거나 피학음란증(被虐淫亂症) 같은 정신병적 증상까지 찾으려 들 것이다.

설령 남성들이 충실하게 정조 의무를 이행했다 하더라도 순절을 미화하기는 어렵다. 어떤 계약도 생명까지를 다른 존재에 종속시킬 수는 없다. 하물며 오늘날처럼 개인 중심의 세계관에 있어서야.

하기야 순절을 시차(時差)가 있는 정사라고 보면 오늘날의 사람들도 이해 못할 것은 없다. 모든 정사(情死)는 우리에게 아름다운 환상을 품게 한다. 자신이 사랑한 사람과 죽음을 함께 하였다는 사실은 되풀이 윤색되어 얘기되어도 언제나 쉽게 우리의 감동을 자아낸다.

그렇지만 내게는 순절이 그릇된 이념화의 희생이라 해도 감동은 조금도 줄어들지 않는다. 역사가 시작된 이래 인간이 목숨을 바쳐온 이념이 언제나 정당하고 합리적이었던가. 인간은 영악스럽기로 이름났지만 또한 대단찮은 이념에 죽기도 하는 어리석음과 미련스러움이 있다. 그런데 바로 그 어리석음과 미련스러움이야말로 인간만이 지닐 수 있는 아름다움이기도 하다. 자신이 가장 큰 가치를 부여한 것, 혹은 가장 옳다고 믿는 것을 위해 목숨을 던지는 일은 섬뜩하지만 또한 얼마나 아름다운가.

다행히도 나는 군자와 함께 육십 년을 늙어갈 수 있어 순절의 문제와는 부딪혀보지 못했다. 군자께서는 품행이 단정하셨으며 나의 시대는 전란도 없고 신분의 변동도 심하지 않아 정조 의무로도 시련을 겪지 않았다. 그런데도 순절한 윗동서들의 얘기를 이렇게 길게 하는 까닭은 너희 잘난 이론가들에 의해 부인될 위험마 저 있는 정조 의무에 관해 얘기하기 위해서이다.

여성의 정조 의무를 약화시키거나 부인하는 논리가 상호주의(相 互主義)에 바탕한 것이라면, 다시 말해 남성들의 의무 불이행에 대 한 항변으로서라면 누구도 그런 주장을 비난하기는 어려울 것이 다. 지나친 상호주의가 오히려 문제를 악화시키거나 여성 쪽의 좋 지 않은 성적 행실을 변호하는 수단으로 악용될 소지가 있다 하 더라도 그 포기를 권할 수는 없다. 그 주장은 여성의 당연한 권리 이며 포기는 일반적 권리 의무의 문제가 아닌 개인적 미덕의 차 원으로 넘어간다.

하지만 알 수 없는 일은 정조 의무를 인간 본성에 관한 억압으 로 보고 그것을 여성 해방과 연결짓는 논리다. 긴 말 할 것 없이 결혼을 요즈음의 너희들 식으로 설명한다 해도 그 억지스러움은 금세 드러난다. 결혼 계약에는 당연히 정조 의무가 포함되어 있다. 그런데 권리는 포기하지 않으면서 의무만 경감하거나 면제받겠다 는 것은 계약을 파기하겠다는 말과 다름이 없다.

거기다가 더욱 해괴한 것은 자연과 본능을 무슨 자랑스러운 부 적처럼 앞세운 성 해방의 논리다. 도대체 자연과 본능을 따르는 것 이 바로 선(善)이란 단정은 어떤 근거에서 나온 것일까.

자연과 본능은 우리에게 거의 무한정한 물욕을 주었다. 그렇다면 그 물욕을 채우기 위해 이웃의 것을 훔치고 빼앗는 것이 선인 가. 자연과 본능은 우리에게 공격 충동을 주었다. 그 공격 충동을 만족시키기 위해 힘센 자가 약한 이를 흠씬 패주는 것이 선인가. 만약 우리 모두가 자연과 본능에 충실하게만 산다면 세상은 당장 에 아수라장이 되고 말 것이다. 그런데 편리도 하지. 오직 성(性)에 서만 자연과 본능을 따르는 것이 선이라니. 정조 의무 따위는 가볍 게 비웃을 줄 알아야 똑똑하고 잘난 여자가 된다니.

안주인으로서

요즈음 여인네들이 아예 잊어버리고 살거나 잘못 해석하는 아 내의 다른 이름 중에 안주인이라는 것이 있다. 지어미된 여자가 자신이 안주인이라는 것을 잊으면 그 품격까지 아울러 잃게 되 고, 잘못 해석하면 권리의 주인으로만 알아 집안이 어지러워진다.

무릇 주인됨이란 어떤 일을 스스로 결정하고 처리한다는 뜻이 지만 그 주인됨을 누리기 위해서는 마땅히 하여야 할 바가 앞서 있다. 안주인도 그렇다. 안주인이란 집안의 살림을 오로지하는 사 람이지만 또한 그 권리는 먼저 하여야 할 바를 다한 데서 온다.

나의 시대 안주인의 하여야 할 바 큰일은 흔히 제사를 받드는 일[奉祭祀]과 손님맞이[接賓客]로 요약된다. 두 가지 모두 오늘날의 삶에서는 별로 큰 뜻을 지니지 못한 일이 된 듯하나 반드시 그렇지는 않다. 바뀐 것은 표현 양식이지 의미가 아니다.

제사를 받드는 일은 돌아가신 조상의 혼령을 숭배의 대상으로 삼는 종교적 행사이기도 하지만 한편으로는 한 가문의 정신적 전통을 이어가는 의식이기도 하다. 그중에서 특히 종교적 행사의 측면은 세련된 세계 종교의 무차별적 세례를 받은 요즘 사람들에게 미신으로 치부되기조차 한다. 하지만 신이란 것이 육체를 갖지 않은 정신이라면, 그 어떤 신이 있어 우리에게 피와 살을 나눠준 조상의 혼령보다 더 따뜻하게 우리를 보살필 수 있으랴.

한 가문의 정신을 이어간다는 의미도 그렇다. 이 세상을 먼저 살아간 정신 중에는 분명 조상들의 그것보다 우월한 정신이 있을 수 있고, 그래서 단지 조상이라는 이유 때문에 저급한 정신에 얽매여 있기보다는 가문 밖의 우월한 정신을 본받는 것이 유리할 수도 있다. 하지만 인간이 이룩한 문화의 위대함은 자주성과 거기서 비롯되는 다양성에 힘입은 게 아니던가.

당장은 비교 우위에서 뒤지더라도 자신의 뿌리를 잊지 않음은 상이한 전통을 잇고 길러간다는 뜻만으로도 훌륭한 가치를 지닌다. 그같이 상이한 전통에 바탕한 정신의 다양한 성과들이 어우러져 문화의 깊이와 폭을 키워가기 때문이다. 거기다가 가문의 정신적인 전통을 이어간다는 것이 반드시 외부의 더 우월한 정신을 배척한다는 뜻은 아니다. 하물며 우리 전통적인 가문의 가르침들 중에는 열린 정신과 진리에 대한 승복을 강조하는 것이 더 많음에랴.

그런데도 옛 여인네들의 실기(實記)나 행장(行狀)에는 제사를 받드는 데 들인 그들의 정성이나 노력이 전혀 기록되어 있지 않다. 나의 실기에도 그렇다. 그 일이 엄중한 만큼 또한 너무나도 당연하여 따로 드러낼 필요가 없어서였을 것이다. 다만 그 실패의 끔찍한 예나 불경(不敬)으로 인한 재앙만이 전설로 이어져올 뿐이다.

옛적 어느 좋은 문중에 참한 종부(宗婦)가 있었다. 하루는 불천위(不遷位) 제사가 들어 시루에 떡을 앉혔는데 때가 되어도 김이 오르지 않았다. 족내(族內) 족외의 제관들과 집안 어른분네들이 제상을 차려놓고 헛기침을 하며 시루떡틀이 들기만을 기다리는데 시루에는 김이 오르지 않으니 그 종부의 다급함이 오죽했을까.

장작불을 높이고 시루 가운데 구멍을 내어보았지만 끝내 김이 오르지 않자 종부는 방간 대들보에 목을 매고 말았다. 요새 사람들에게는 어리석게 보일는지 모르지만, 그 종부에게는 그것이 제물(祭物)을 주관하는 안주인의 품격을 지키는 유일한 길이었다. 그 뒤 그 문중은 그렇게 죽은 종부를 애닯게 여겨 제사에 시루떡을 쓰지 않는다고 한다.

그런가 하면 부정(不淨)한 땔감으로 재물을 장만했다가 조상의 노여움을 사 화를 입은 얘기도 있다. 뒷간을 뜯은 나무로 제삿밥을 짓고 탕을 끓여 올리자 그걸 안 조상의 영혼이 호롱불을 뒤집어 집과 재산을 모조리 태우고 아이까지 데이게 했다는 얘기가 그 한 예다. 땔감에조차 그토록 엄하니 직접 제상에 오르는 제물이야 더 말할 나위가 있겠는가. 제사에 큰 생선이나 굵은 과일을 쓰면 큰 자식을 낳는다며 제수장만에 바치는 안주인의 정성을 부추기기도 하고 술을 아껴 잔을 다 채우지 않으면 눈이 움푹 들어간 자식을 낳는다며 제물에 인색함을 경계하기도 했다.

그런데 요즘 똑똑한 여인네들 중에는 제례의 의미를 승인하면서도 불평등한 노동의 분담을 들어 안주인에게 맡겨진 의무의 허구성을 지적하는 이가 있다. 아마도 의미와 관계하는 의식의 측면은 남자들에게 독점되고 여인네들에게 주어진 몫은 다만 제물의 준비라는 노동적 측면뿐이라는 점에 착안한 듯하다. 그리하여 한발 더 나가면 봉제사(奉祭祀)의 소임 또한 남성들의 편의를 위해 고안된 여성 노동력 착취 구조에 지나지 않는다고 말하기까지 한다.

그렇지만 의미와 관계없는 노동이 있는가. 더구나 제물은 정성의 구체적인 표현이다. 아마도 그 같은 논의는 노동을 지나치게 단순하고 비하시켜 이해한 데서 왔을 것이다. 가문을 통한 자아의 확대를 인정한다면 거기서 어떤 몫을 담당하든 제사는 주인된 이의 당연한 의무이고 권리이다.

어려움이 있다면 오히려 많은 것이 달라진 오늘날의 너희 삶에 제사가 어떤 의미를 갖는가를 정의하는 일이다. 지속적인 산아 제한은 종통(宗統)이나 가문의 형성을 어렵게 하고 제사도 친기(親忌)조차 없는 집이 많은 핵가족 시대를 열었다. 거기다가 제사의 종교적 의미마저 퇴색해 버린 이런 시대에 고색창연한 제사의 의미를 그대로 되뇔 수는 없다.

하지만 애써 찾아본다면 너희 시대라고 제사의 의미가 사라진 것은 아니다. 뿌리를 되돌아보는 일, 너희들 배운 이들이 즐겨 하는 말투를 따르면 자기 정체성(自己正體性)의 근거를 상기하는 작업쯤으로 쳐도 제사는 여전히 소중한 의미를 지닌다. 그리고 형태야 사진 앞에 꽃이나 바치는 추모식이 되건, 그마저 생략되어 추모담으로만 남든 그러한 작업의 중요한 부분은 여전히 안주인의 몫이 된다.

그런데 있는 친기조차 더러는 신앙을 구실로, 더러는 낭비로 잘못 이해해 제사를 마다하거나 소홀히하는 것을 보면 다음 세대가 실로 근심된다. 너희는 거창한 세계 시민을 길러낸다고 믿는지 모르지만 내가 보기에는 뿌리 없는 정신을 기르고 있을 뿐이다. 그런 시대에는 그런 사람들이 어울려 만드는 또 다른 한세상이 있겠지만, 알지 못할레라, 이미 뿌리가 없는데 어찌 열매 맺기를 바라리오.

　제사를 받드는 일에 못지않게 안주인의 중요한 소임이 손님맞이인데 거기에 대해서는 한글로 된 내 실기에도 몇 가지 예화가 있다. 먼저 그것부터 살펴보고 그 의미를 풀어나가자.

　〈이때에 임진년 병화(兵火)가 창만(漲滿)하야 흉년 기근이 참혹할새 참판공(시아버님 운악공)이 기민을 진휼(賑恤)하고 유개(流丐＝떠도는 거지)를 구활(救活)하기를 일삼으시거늘 부인이 이 뜻을 받들어 날마다 기민을 먹이시더라. 사방의 왕래 행인이 풍성(風聲)을 듣고 모여들어 가마와 솥을 밖에 걸어 놓고 죽밥을 지어내어 사람마다 포식하여 보내니 원근에 의탁 없는 가련한 인생들이 부지기여수로 찾아들어 충효당 너른 집에 방방이 유숙하야 달로 유련(留連)하는 이와 해포 의탁하는 이로 아침저녁 끼니때마다 항용 이백여 권구(眷口)가 끌어나되(들끓되) 부인이 종시여일(終始如一)로 한 번도 사색간에 염권(厭倦)하난 모양을 보지 못할레라. 한번은 행낭에 있던 한 양반이 향사당(鄕祠堂) 잔치에 가고자 하되 도포가 없어 못 가거늘 참판공이 입었던 옷을 벗어주려 하시매 부인이 가로되, '남을 주면 새걸 주지 어찌 입던 걸 주시리오' 하고 상자에 갈무렸던 옷을 내어주며 '이 옷 다시 찾지 아니하리라' 하더라.〉

〈비자(婢子)를 거느리되 마치 어린 딸자식처럼 쓰다듬으시고 병이 들면 반드시 몸소 음식을 먹이고 한온(寒溫)을 간검(看檢)하시며 잘못이 있으면 조용히 타이름으로 깨우쳐 순순히 계도하시어 조금도 포려(暴戾)한 성음(聲音)과 분요(紛擾)한 안색을 베풀지 아니하시더라. 비복들의 그른 마음과 한악(悍惡)한 기습(氣習)이 절로 감화되어 복종하고 다시금 조심하여 마침내 마음으로 따르니 이웃 종들과 동네 하인들이 다 원하는 말이 '우리 몸이 어찌 나서 아무댁 노복이 되지 못한 게 한이라' 하더라.

부인이 천성이 자애하여 환과고독(鰥寡孤獨)과 늙어 의탁할 데 없는 이를 보면 마치 내 몸에 병이 난 것처럼 여겨 아무리 가난하고 곤궁한 중에라도 주급(周急)하여 구제해야 할 사람이라면 가만히 둘러 주어 구활하고 마침내 그 사람이 모르게 하시더라. 부인의 평생 끼친 덕이 이러하기에 왕왕이 지성으로 축수하야 하난 말이 '이 아기씨님 수복무강하옵소서. 우리 몸 죽어 귀신이 되어도 이 은덕 한번 갚기 원이나이다' 하더라.〉

요즘 사람들에게는 이런 구절들이 손님맞이와 무관하게 여겨질뿐더러 은근한 제자랑으로 비칠지도 모르겠다. 세월이 손님이란 말의 뜻을 너무 줄여버린 까닭이다.

옛 사람에게 손님은 나를 찾아오는 모든 사람, 나아가 나와 만나게 되는 모든 사람을 뜻한다. 나를 찾아오는 사람들 중에는 이로운 사람도 있고 해로운 사람도 있다. 더하려고 오기도 하지만 앗거나 덜어가려고 오기도 한다. 사는 즐거움을 보태주기도 하지만 사는 괴로움을 키우기도 한다.

그런데 반드시 어울려 살아야 하는 사람의 특성은 나에게 이로운 손님만 골라 받을 수 없게 한다. 너희들 식으로 말한다면 우리 존재의 표현은 다른 사람과의 관계로 나타나기 때문이다. 누구도 홀로 살 수 없을뿐더러 자신이 원하는 관계만 맺고 살 수도 없다. 따라서 손님을 맞는다는 것은 옛 사람의 인간관계 전반을 규정하는 중요한 일이 된다. 「소학(小學)」의 앞머리에 쇄소응대(灑掃應對)를 넣어 손님을 맞는 법도를 행실의 기본으로 삼은 이치가 거기에 있다.

따로 사무실이나 일터를 갖지 않은 옛 사람들이 그 손님을 만나는 곳은 대개 집안이 된다. 곧 손님맞이는 그 시절로 보아서는 인간관계 형성의 출발점이자 남에게 나를 드러내는 가장 보편적이고 중요한 마당이다. 그때 안주인에게 맡겨진 역할은 공적이고 의례적이기 쉬운 사랑방의 기능을 정의(情意)와 성심으로 보완하는 데 있다.

나에게 이롭고 나를 즐겁게 해 주는 손님을 반가이 맞고 정성으로 대접하는 일은 어렵지 않다. 이해가 분명하지 않은 손님도 예를 잃지 않고 맞을 수는 있다. 그런데 오늘날 사람들이 말하는 손님은 대개 그런 부류만을 가리키는 듯하고, 실은 우리 시대에도 안주인의 교양미는 먼저 그런 손님을 맞이하는 태도에 좌우되었다.

하지만 그런 손님에게 예절과 정성을 다하는 일은 너무도 당연하여 내 실기에는 올라 있지 않다. 나도 통상의 경우는 구태여 말할 필요를 느끼지 않는다. 다만 너희에게 작은 참고라도 될까 하여 군자께서 계시지 않을 때 찾아오는 사랑 손님을 맞이하던 법도만 전한다.

군자께서 출타하셨을 때 손님이 찾아오면 하인을 보내 맞아들이게 하고 찾아온 연유를 알아본다. 그런 다음 손님과 연배가 맞는 집안 바깥분을 모셔와 군자를 대신해 응대하게 하고 군자가 돌아오실 때까지 정성을 다해 모신다. 만약 손님이 집안에 군자가 계시지 않음을 꺼려 들기를 마다하면 동네의 알맞은 집을 골라 그리로 모신다.

손님을 치는 정성은 흔히 음식 범절에서 드러난다. 그 점에서도 나는 할 수 있는 바를 다했다. 내가 그들을 대접하는 사이에 익힌 조리법(調理法)이 뒷날 내가 쓴 「규곤시의방(閨壼是議方)」이란 요리서의 바탕을 이루었다는 점에서 그들을 접대하는 데 기울였던 내 정성을 짐작할 수 있을 것이다.

정작 접빈객(接賓客)의 어려움은 나를 필요로 해서 오는 사람, 나에게서 무언가를 얻으려고 찾아오는 손님을 맞는 데 있다. 어려움을 당한 친족이나 지인(知人)이 그러하지만 넓게 보면 과객(過客)도 그러하고 기민(飢民)도 그러하다. 아마도 내 실기를 쓴 사람은 그런 손님을 맞는 어려움을 헤아려 특히 그 부분을 적어 놓은 듯하다.

「재령이씨(載寧李氏) 분재기(分財記)」라 하여 조선 중기 사족(士族)들의 재산 상속법과 경제 관념을 잘 살펴볼 수 있는 문서(文書)를 남겼을 만큼 살림살이에 규모 있는 시댁이었고, 남에게 널리 베푸는 일은 시아버님 운악공 이래의 가풍이라, 어떤 이는 실기에 적힌 손님맞이에서의 내 선택을 의심하기도 한다. 있는 재물에 어른들이 시키는 대로 따라했을 뿐이라는 추측이 그러하다. 하지만 설령 스스로를 내세우는 일이 될지라도 나는 그 또한 한 선택이었음을 주장하고 싶다.

잘난 서양인들의 철학이 아니라도 우리가 어울려 살아야 하고 더불어 살아야 한다는 것쯤은 조금의 지각만 있으면 누구든 깨달을 수 있다. 거기다가 비록 얻으러 왔다 해도 세상의 하고 많은 사람 중에서 내 집을 지목해 찾아왔으니 어찌 그런 손님을 외면할 수 있겠는가.

재물도 그렇다. 군자께서 충효당을 나오실 제 약간의 분재(分財)가 있었다고는 하지만 그마저도 대명절의(大明節義)를 쫓아 동서로 은거하심에 이르러서는 입에 담을 만한 것이 못 되었다. 그런데 손님맞이로 살림이 줄어드는 걸 난들 어찌 걱정하지 않았겠는가. 하지만 나는 믿었다. 그들에게 군색함이 없어야 내가 더 넉넉해진 다는 것을, 남의 군색함을 돌아보지 않는 나의 넉넉함은 다만 재앙이요 화근일 뿐이라는 것을.

비복(婢僕)의 일을 손님맞이에 넣은 것도 이상하게 들릴지 모르지만 내게는 그랬다. 비록 당시로는 사람축에 들지도 못하는 생령이긴 하나 내 집을 찾아 깃들었으니 어찌 귀한 손님이 아니랴. 그런데 주인 되어 어찌 손님에게 소홀할 수 있으랴.

어버이 잃은 자식이나 지아비 잃은 지어미나 자식 없는 늙은이를 거둔 일도 그러하다. 밝고 넉넉한 마음으로 살핀다면 천지간에 목숨을 받은 것치고 내 손님이 아닌 이가 어디 있으랴. 천지간을 내 집 삼아 넓게 사는 이에게는 그 모두가 나를 찾아든 손님이다.

하지만 이제 세상은 달라졌다. 남자들은 거의가 집 밖에 공적인 일터나 사무실을 따로 가지고 '사생활의 평온'은 형법으로 엄중히 보호된다. 사랑방이란 말은 사어(死語)에 가깝게 되었으며 또 사랑방이 있다 해도 안주인이 집안에 남아 있기 힘든 시대가 되었다. 거기다가 집으로 찾아드는 손님조차 드물어진 이런 시대에 안주인의 손님맞이가 어찌 예 같을 수가 있겠는가.

그러하되 이 역시도 제사를 받드는 일과 마찬가지로 형식은 달라도 그 의미는 여전히 살아 있다. 찾아오지 않는다고, 눈앞에 보이지 않는다고 주인되어 손님을 모른다 할 수 있는가. 새 둥지 같은 아파트 한 칸과 내 남편 내 자식만이 세상의 전부일 수 있는가.

그런데도 어쩌다 찾아드는 손님마저 푸대접으로 내쫓는 오늘날의 안주인들을 보면 나는 그렇게 해서 만들어질 다음 세상이 진심으로 걱정스럽다. 내가 보기에 간밤 자정이 넘어 취한 그대의 남편과 함께 찾아와 술을 조르다 그대의 차가운 눈초리에 번쩍 술이 깨어 돌아간 남편의 옛 친구는 귀하디귀한 손님이다. 며칠 전인가 무언가 아쉬운 일로 찾아 왔다가 그대의 쌀쌀맞은 대꾸에 말도 꺼내지 못하고 돌아간 시댁 피붙이는 물론 어제 하루 종일 그대를 대신해 집안의 궂은일을 해 준 중년의 파출부도 모두 귀한 손님이다. 그런 이들이 모두 사라진 뒤 정연한 이해득실의 인간관계와 핵가족으로만 짜여진 세계란 얼마나 부스러지기 쉽고 외로운 것일까.

두 어버이의 자식

「여사서(女四書)」 곳곳에서 강조되는 항목 중에 사구고(事舅姑)란 게 있다. 출가한 여인네가 시부모를 섬기는 예를 이르는 말이다. 요새 사람들에게는 일쑤 마음에서 우러남보다는 단련과 수양을 통해서만 이를 수 있는 것으로 이해되는 여인네의 덕목이다.

나의 시부모 모시기도 어쩌면 그런 옛 가르침들에서 비롯되었을 것이다. 그에 관한 실기의 몇몇 구절도 내가 그렇게 이념화된 미덕을 지향한 것으로 나와 있다. 하지만 거기에도 내 선택은 있었다. 예와 이치만으로는 진심으로 웃어른을 우러르고 받들 수가 없다.

내가 옛가르침에 더하여 찾아낸 사구고의 대의는 군자와 나의 동일시(同一視)에 바탕한다. 내가 사모하고 우러르는 군자를 낳고 길러주신 분들, 내가 그 군자와 혼인으로 일체를 이루었다면 그분들은 당연히 나의 부모이다. 군자를 사랑하면서, 군자를 사랑해 주신 분들을 어찌 소홀히 모실 수 있으리.

또 나는 검재에 외롭게 남아 계신 친정 아버님 어머님을 생각하는 마음으로 시부모를 모셨다. 누군가 친정집으로 들어온 며느리가 내 아버님 어머님을 그렇게 모셔주기를 바라는 만큼의 정성으로 나는 시부모님을 모셨다. 청계공 우계공 두 분 시아주버님과 그 배위의 잇따른 참상(慘喪)으로 상심해 계시던 시부모님께서 내게 마음을 여신 것도 예와 이치에 따른 것만은 아니었을 것이다. 나는 당시의 엄한 법도에 따른 며느리로서보다는 새로 얻은 딸 같은 사랑을 받았다고 믿는다.

한번은 이런 일이 있었다. 이웃 동리에 사는 시아버님의 친구

분이 마름(藻)을 보내오셨다. 마름은 민물에서 나는 말의 일종으로 잘 다듬어 무치면 늦은 봄의 별미가 되었다. 겨우내 입맛을 잃고 계시던 시아버님은 내가 조리한 마름을 달게 잡수신 뒤에 물으셨다.

"마름은 이 마을에 나지 않는 물건인데 어디서 났느냐?"

"관어대(觀魚臺) 영감댁에서 보내오셨습니다."

"참으로 잘 먹었다. 겨우내 편치 않던 몸이 다 개운해진 듯하다. 적바람(고맙다는 인사 편지)을 내야 할 터인데 내 이 생광스러움을 나타낼 구절이 마땅치 않구나."

시아버님은 그렇게 말씀하시고 생각에 잠기셨다. 그때 문득 내게 시아버님의 뜻을 담을 한 구절이 떠올랐다.

"수국춘색(水國春色)이 홀등반상(忽登盤上)하니 향미담래(香味啖來)에 가득소병(可得蘇病)이라 하면 어떨는지요?"

그러자 시아버님께서는 천천히 그 구절을 되뇌시더니 무릎을 치며 감탄하셨다.

"물 나라의 봄 빛깔이 홀연히 상위에 올랐구료, 그 향그러운 맛이 오래된 병을 낫게 하였소이다 ― 네가 꼭 내 마음속을 들여다본 듯하구나. 성가(成家) 전에 여자 선비[女士]란 소리를 들었다더니 그게 빈말이 아니로구나."

며느리가 시아버님 앞에서 문자를 희롱함은 당시의 엄한 법도에 어긋나는 일일 수도 있다. 그러나 그때 나는 그런 시아버님에게서 친정아버님 경당을 느꼈고, 시아버님도 내게서 예와 이치에 따른 며느리가 아니라 정으로 이어진 딸을 느끼셨던 것으로 안다. 시어머님을 모시는 데도 나는 예절바른 며느리이기보다는 살가운 딸이고자 하였다.

출가외인(出嫁外人)이란 말은 흔히 결혼이 친정과의 절연을 뜻하는 것으로만 이해되고, 심하게는 자식으로서의 모든 의무로부터 면제되는 것으로 여겨지기도 한다. 실로 잘못된 이해이다. 그 말이 엄하게 해석되던 옛날에도 여인의 출가가 자식의 도리로부터 해방을 뜻하는 것은 아니었다. 그것은 무엇보다도 나의 실기에서 잘 드러난다.

〈우리 이씨 사는 영해서 안동이 이백 리 길이로되 부인이 반드시 일 년에 한 번씩 근친하여 이미 출가한 몸이나마 부모에게 조금도 성효(誠孝)를 게을리 아니하시더라. (친정어머님) 권부인이 하계(下界)하시고 경당 선생이 육십에 환거(鰥居)하여 아들 하나 없이 계시거늘 부인이 판서공께 비는 말씀이, '여자 몸이 아무리 중히 여기는 바가 다르다 해도 인정은 분간이 없으니 져근듯(잠깐 동안만) 춘파에 돌아가서 외로이 앉으신 어버이 봉양하게 하여 주옵소서' 하니, 판서공이 그 경지를 긍측(矜惻)히 여겨 허락하시거늘 부인이 이 길에 일 년이 넘도록 지성으로(친정아버님을) 봉양하였으되 비록 출중한 효자로도 미치지 못할레라. 그러다가 경당 선생이 실(室=여기서는 재취)을 두신 뒤에야 충효당으로 돌아오셨으나 선생은 삼남 일녀를 나으시고 맏자제가 겨우 여덟 살일 때 하계하시니라. 과고(寡孤=여기서는 경당 선생의 후취와 어린 아이들) 의탁할 데 없는데다 사가(査家=여기서는 친정집) 방락(方落)하야 어느 지경이 될지 모르거늘 부인이 판서공께 사뢰어 가로되, '우리 친정 가세 저러하니 저 집 말글(곧 경당 선생의 학문) 붙들 도리 우리 내외 아니하면 우리 부모, 우리 종사 그 아니 참혹하리잇가' 하시고, 즉시 고아 과택을 데려다가 한집에 봉솔하여 사시절 봉제사(奉祭祀)를 때로 비품하야 행하시고 모든 고아를 극진히 교양하야 차례로 성취하되 가례취부(佳禮娶婦)를 하나도 실시(失時) 아니하시니 시절 사람들이 석계댁(石溪宅=부인의 시댁 택호) 고의(高誼)를 칭송하고 부인의 성효를 탄복하더라.〉

여기서도 내가 친정을 보살핀 것을 드문 일로 칭송하고는 있으나 출가한 딸에게도 효의 본분이 이어짐을 부인하지는 않고 있다. 옛 사람의 말하는 방식이 장황하고 난삽하여 이제 사람이 잘 알아듣기 어려우므로 그 일을 다시 간추려보면 다음과 같다.

내 친정어머님께서 세상을 버리신 것은 내가 출가한 지 일곱 해 만의 일이었다. 그때에 아버님의 춘추 예순, 홀로 남으시게 된 것도 애닯으려니와 무엇보다도 대를 이을 아들이 없는 게 걱정되었다. 이에 실기에 적힌 것처럼 나는 군자께 아뢰고 검재로 돌아가 친정집을 돌보게 되었다.

돌아간 첫해에 내가 가장 힘쓴 것은 아버님께 계실(繼室)을 얻어드려 수발들게 함과 아울러 친정집의 후사를 도모하는 일이었다. 하지만 그 일은 쉽지가 않았다. 아버님 경당이 비록 명망 높은 학자라 하나 가세가 적빈한데다 연치(年齒)마저 높으시니 마땅한 규수가 나서지 않았고, 그렇다고 함부로 사람을 들여 얼자(孽子)로 친정집의 핏줄을 잇게 할 수도 없는 일이었다.

여러 군데 사람을 놓아 규수를 찾던 나는 마침내 외가곳인 안동 권씨 문중에서 새어머니로 모실 규수를 구할 수 있었다. 돌아가신 어머님의 먼 친척 되시는 권몽일(權夢一)이란 분이 아버님의 학덕을 사모하여 그 따님을 허락하신 덕분이었다. 규수도 행실이나 심덕 모두 흠잡을 데 없었다.

아버님께서 이듬해에야 재취의 예를 치르시니 그 사이 군자께 받은 한 해가 다 지나버렸다. 하지만 나는 충효당으로 돌아가지 못했다. 계모가 나보다 열 살이나 어린데다 오래 안주인이 없어 두서없이 된 친정 살림이라 그대로 버려두고 떠날 수 없었던 까닭이었다.

모든 일에 서투를 수밖에 없는 계모를 도와 살림살이를 익히게 하는 동안 다시 한 해가 저물어갔다. 그런데 이번에는 계모의 회임(懷妊)이 나라골로 돌아가려는 나를 붙들었다. 친정집에 그래도 한 가닥 자손운이 남아 있어 아버님의 혈맥으로 뒤를 잇게 될지도 모른다는 생각이 들자 그대로 떠날 수가 없었다.

다행히도 이듬해 난 아이는 아들이었다. 외동딸로 난 나는 실로 이십칠 년 만에 남동생을 본 셈이다. 그 해산 구류까지 마치고 그제서야 시집으로 돌아가니 군자 곁을 떠난 지 삼 년째 들던 해였다.

그 뒤 젊은 새어머님은 아들 둘과 딸 하나를 더 낳아 하마터면 끊길 뻔했던 아버님의 혈맥을 되살려 놓았다. 나는 열일곱 난 맏아이 상일(尙逸)과 겨우 열 살 난 둘째 휘일(徽逸)을 검재로 보내어 외조부의 높은 학덕을 배우게 하는 한편 친정을 돌보는 내 눈과 귀로 삼았다.

아버님은 일흔 되시던 해에 어린 사남매와 아직 서른도 안 된 새어머님을 남기고 세상을 떠나셨다. 평생 학문에만 전념한 유자(儒者)의 집이라 쌓아둔 재물이 있을 리 없고 족중(族中)이 번성하지 못해 따로 의지할 만한 곳도 없으니 버려진 바나 다름없는 어린 동생들과 젊은 새어머님이었다. 나는 궁리를 거듭한 끝에 그들을 나라골로 데려오기로 했다.

"효(孝)에 따로 아들 딸의 분간이 있겠는가. 좋이(잘) 생각했네."

군자께서도 그렇게 나를 격려해 주어 나는 그들을 나라골로 옮겨온 뒤 집과 사당을 지어주고 그들의 살이를 돌보는 한편 조상 향화(香火)를 잇게 했다. 새어머님이 낳은 사남매 중 둘째는 어려서 죽었으나 나머지 삼남매는 잘 자라 주었다. 군자께서도 두 남동생을 문하에 거두어 가르치시니 훗날 경당종가(敬堂宗家)의 기틀이 그렇게 마련되었다.

　　계모와 동생들은 그로부터 십여 년이 지나서야 검재로 돌아갔다. 맏동생이 성가하여 손아래 남매와 어머님을 모시고 고향으로 돌아간 것인데 그때도 나는 약간의 전답과 집을 마련해 주었다. 뒷날 셋째 아이 현일(玄逸)은 내 행실기에서 그 일을 이렇게 적고 있다.

　　〈이는 모두 내 아버님의 너그러우심이었다 하나 그보다는 어머님의 지극한 정성에 감복하여 아버님이 따라주신 것이라.〉

제3부

현빈(玄牝)의 꿈

혼란에 빠진 시대의 어머니들에게

어머니는 여인이 가질 수 있는 가장 크고 아름다운 이름이다. 여인의 가장 중요한 생산은 자녀이며 가장 위대한 성취는 그 양육이다 ─ 우리는 오랫동안 그렇게 배워왔고 아마도 그것은 앞으로도 영원히 폐할 수 없는 진리일는지도 모른다.

그런데 이 시대에 이르러 그 이름을 포기하는 여인들이 적잖이 생겨났다. 자식은 다른 생산으로 갈음되고 어쩌다 생산을 해도 그 양육에서는 어떤 성취도 느끼지 못한다. 오히려 많은 젊은 여성들은 그런 관점과 사고야말로 진보적이라고 믿으며 한술 더 떠 그 실천을 여권(女權)의 신장(伸張)과 연결짓기도 한다.

세계는 오직 비극의 무대이고 삶은 고통일 뿐이라고 믿는다면 자녀의 생산을 거부할 수도 있다. 그것은 세계관의 문제이며 나아가서는 철학의 문제이다. 인생의 실상이 반드시 그렇지는 않다는 확증이 없는 이상 그 믿음과 거기 따른 선택은 시비의 대상이 되지 못한다.

누구도 명백한 비극의 재생산(再生産)을 강요할 수는 없다. 아무런 동의도 구함이 없이 한 생명을 무(無)에서 끌어내 고통과 부조리의 세계에 내동댕이치는 일은 오히려 끔찍한 죄악이 될 수도 있다. 실제로 우리가 현명하다고 우러른 사람들 중에도 그런 믿음에서 다음 세대의 생산을 거부한 사람들이 없지는 않다.

하지만 이 시대의 여인들이 어머니 되기를 기피하는 것은 그런 비관론(悲觀論)에 바탕한 세계 인식 때문인 것 같지는 않다. 오히려 이 시대 젊은이들은 앞서의 그 어떤 시기보다 긍정적으로 세계를 인식하고 적극적으로 삶을 이해하는 듯 보인다. 우리는 누리기 위해서 태어났으며 이 세상은 몇 가지 문제점만 해결하면 살 만하다는 것이 요즘 젊은이들의 세계와 인생에 대한 일반적인 믿음인 것 같기 때문이다.

자녀에게서 자기 존재의 연장을 보는 관념적 자아 확대의 믿음에 더 이상 동조하지 못하게 된 것도 이 시대 여인들이 출산을 기피하는 이유로 들 수 있을지 모른다. 모든 존재와 마찬가지로 인간이 결코 떨쳐버릴 수 없는 불행한 숙명 중의 하나는 허무이다. 누구도 시간과 싸워 이긴 인간은 없다. 모든 존재는 길든 짧든 언젠가는 허무에게 자신을 내주어야 한다.

인간은 그런 허무와의 싸움에서 여러 가지 방법을 고안해 냈다. 육체보다 오래 지탱하는 그 무엇, 시간이 파괴할 수 없는 어떤 가치를 찾아내 거기에 자신을 실음으로써 존재의 연장을 꾀하기도 하고 시간을 초월하는 절대적인 존재를 상정해 거기에 자신을 내던짐으로써 존재의 허무로부터 구원받고자 하기도 했다. 학문과 예술이 그러하고 진리와 신이 그러하다.

그러면서 한편으로 인간은 다른 동물들에게는 본능의 차원에 머물러 있는 생식을 관념적으로 갈고 닦았다. 자신의 형질(形質)을 물려받은 자손에게서 존재의 연장 혹은 확대라는 개념을 찾아냈고 심하게는 동일시(同一視)의 믿음까지 품었다. 그리하여 마침내는 동물적인 생식을 시간과 싸우는 효율적인 방법의 하나로 승화시켰다.

하지만 이 시대에 들어 우리가 객관적이라고 믿어온 많은 것이 실은 주관적 환상에 지나지 않았음이 판명되면서 사람들의 생각은 달라졌다. 젊은이들은 휘황한 관념보다는 간명하고 확실한 현상을 더 믿고 이성보다는 감각에 더 많이 의지하게 되었다. 지난 시대 허무와의 싸움에서 우리를 격려했던 여러 가치들은 도처에서 의심받고 진리의 불변성이나 초월적 존재에 관한 옛 믿음들은 더 이상 힘이 되지 못한다. 아울러 자녀에게서 시간을 이겨 남은 자신을 기대하는 사람도 눈에 띄게 줄어들고 애써 갈고 닦은 자아 확대 내지 동일시의 관념은 본능으로 환원되고 있는 듯한 느낌마저 든다.

이 시대 어머니들의 출산 기피가 모든 인간은 홀로 와서 홀로 가며 자신의 삶은 오직 자신으로부터 시작해 자신에게서만 끝난다는 인식에서 비롯된 것이라면 그것은 인생관의 문제이며 또 다른 철학의 문제이다. 우리 존재의 본질이 어떠한가에는 아직 명확한 답이 없고 누가 어떤 답을 인식의 기초로 선택했는가 또한 시비의 대상이 될 수 없기 때문이다. 오히려 거기서 비롯된 출산 기피는 존재의 허무와 홀로 맞서겠다는 당당한 결의로 해석되어 격려받아야 할지도 모른다.

발달된 이 시대의 놀이 문화와 노동 체계를 출산 기피의 원인으로 지목하는 이들도 있다. 이는 허무와 함께 존재의 또 다른 불행한 숙명인 고독에 착안한 논의이다. 부모의 무료함과 외로움을 달래주거나 잊게 하는 자녀의 역할이 이 시대 특유의 제도와 장치들로 대체되어 그 출산의 필요성이 줄어들었음을 뜻한다.

오락적 기능만 강조된 오늘날의 대중문화나 번창하는 향락 산

업은 우리의 근원적 고독감을 마비시키거나 잊게 해 준다. 상품화로 한층 풍부하고 다양해진 여가 활동도 삶의 무료함이나 외로움에 훌륭한 위로 장치 혹은 망각 장치로 기능한다. 발달한 전자 오락 기기만으로도 심심하거나 외롭지 않게 시간을 보낼 수 있는 게 오늘날의 젊은 세대이다.

여자들까지 일터로 끌어내지 않고는 유지될 수 없는 후기 산업 사회의 노동 체계도 어떤 면에서는 망각 장치나 위로장치의 역할을 한다. 쓸데없이 벌여 놓기만 한 현대 사회는 자기 유지에 필요한 잡다한 기능들을 불평 없이 수행하도록 만들기 위해 그럴 듯한 노동의 명분과 제도들을 고안해 냈다. 흔히 일 또는 추구라는 거창한 이름 아래 우리를 혹사시키는 체계로, 그것은 우리의 심심함과 외로움을 잊게 하거나 아예 느끼지 못하도록 만든다.

틀림없이 자녀는 부모의 무료함과 고독을 달래주는 데 중요한 몫을 한다. 하지만 그것이 곧 자녀를 낳고 기르는 이유의 전부일 수는 없고, 설령 그렇다고 쳐도 이 시대의 여러 장치나 제도가 그 몫을 대신할 수도 없다. 아무리 다양하고 풍부하게 발달한다 해도 그것들이 부모와 자식 사이의 신비한 교감까지 만들어내지는 못한다.

거기다가 이 시대의 은근한 추세가 되어 있는 젊은이들의 출산 기피가 그런 관념적인 배경을 가지고 있는지는 실로 의심스럽다.

드러나는 현상을 감각적으로만 받아들이는 시대의 속성에 너무도 어울리지 않는 까닭이다. 그보다는 좀 더 실질적이고 드러나는 원인을 찾아보는 게 옳은 일일지도 모른다.

그런 뜻에서는 사회 보장과 보험 제도의 발달에 자녀의 생산과 양육을 기피하는 원인을 찾는 쪽이 훨씬 조리 있게 들릴 수도 있다. 이 시대의 발달된 제도들이 자녀에게 기대되는 보장 보험 기능을 대신해 주기 때문에 자녀가 필요 없어진다는 말인데, 수명과 연관된 우리 삶의 특성은 그 같은 논의를 충분히 가능하게 한다.

인간의 수명이 다른 동물보다 길다는 것은 그만큼 예측 못할 위험과 어려움에 빠질 기회가 많다는 뜻이기도 하다. 또 자신의 몸을 스스로 다 감당하지 못하는 노년이 유달리 길다는 것은 그만큼 누군가의 보살핌을 받아야 할 기간이 길다는 뜻이 된다. 다른 동물들에게는 자신의 먹이를 스스로 구할 수 없는 때가 곧 죽음의 순간이다.

낳고 기른 은혜로 빚 지운 자녀들은 우리가 빠지게 되어 있는 그런 위험과 어려움에 틀림없이 보험 보장 제도의 기능을 한다. 그러나 자녀의 필요성을 거기서만 찾는 것은 우리 삶을 너무 물적(物的) 기반에만 얽매어 놓는 해석이다. 야소씨(耶蘇氏＝예수)가 말한 것처럼 사람은 빵만으로 사는 것이 아니다. 목숨이 깃드는 것은 몸이지만 몸을 기르고 돌보는 것이 우리 삶의 전부일 수는 없다.

근년의, 그리고 일부 과격한 여성 쪽의 논의이기는 하지만 지금까지 출산과 육아에 대한 가치 부여를 가부장적(家父長的) 가족 제도가 주도해 왔다는 점에서 이의를 제기하는 주장도 있다. 설령 자녀를 통한 자기 확대를 인정하더라도 그것은 부계(父系) 혈통에 독점되고 여성은 다만 그 보조자나 수단에 지나지 않았다는 점에서 거부의 이유를 찾아낸다. 그리고 심하게는 이제 더 이상 그런 무의미한 봉사를 할 수 없다는 결의로까지 발전한다.

그 불평은 충분히 이유가 있고 방법도 어쩌면 가장 효율적일 수 있다. 그러나 어떤 경우에도 근본과 지엽이 뒤바뀌어서는 안 된다. 그것은 여성의 가계 상속권 획득을 위한 투쟁의 근거는 될지언정 출산과 육아 자체를 거부할 명분은 되지 않는다.

그 밖에 공동체를 위한 산아 제한의 대의가 증폭되어 개인의 신념으로 전화(轉化)된 경우도 종종 볼 수 있다. 지구는 충분히 복잡하기 때문에, 혹은 우리나라는 이미 인구 과잉에 빠져 있으므로, 나만이라도 부담을 덜어주겠다는 식의 논의가 그러하다. 진지한 고려 끝에 한 결정이라면 갸륵한 자기희생일 수도 있다.

하지만 그 경우는 엄격히 따지면 여기서 문제 삼는 출산 기피는 아니다. 그런 이들은 지구의 환경이 혹은 민족 공동체의 생존 여건이 허용하면 자녀를 낳고 기를 수도 있기 때문이다. 그것은 기피라기보다는 일시적이고 조건부의 유보일 따름이다.

그러고 보면 지금쯤은 종합과 절충의 이익을 노려볼 때도 되었다. 곧 앞서 짚어본 여러 원인들을 종합하거나 그중의 몇 가지를 절충하는 일이다. 그리하면 이론적으로는 이 시대의 출산 기피 경향을 설명할 수 있는 완전에 가까운 답, 혹은 적어도 비난하거나 부정 못할 답은 나올 수가 있을 듯도 하다.

그런데 문제는 지금 흔하게 토로되고 있는 출산 기피의 논리다. 요즘 젊은 너희의 말을 듣고 있으면 그런 종합과 절충은 너희가 어머니 되기를 거부하는 이유와는 거의 무관하다. 내가 너희에게서 읽을 수 있는 것은 다만 가치관의 전도(轉倒)와 천박하게만 이해된 개인주의 혹은 편의주의, 그리고 오해된 여권과 벌거숭이 이기뿐이다.

너희 중에도 공부나 일을 핑계로 출산을 마다하는 이가 있지만, 앞서 말했듯 그것이 깊이 있는 사유와 성실한 검토를 거친 결론 같지는 않다. 내게는 오히려 다분히 유행적이고 조작의 혐의가 짙은 자기 성취의 논리에 혼란된 경우가 많아 보인다. 성취의 가망도 별로 없고 가치도 의심스럽지만 어머니 됨의 힘들고 고단함보다는 편안하고 겉보기가 그럴싸하다는 점에서 이루어진 가치관의 전도이다. 그렇지 않고서야 어머니란 이름과 맞바꿀 수 있는 가치가 요즘처럼 이리 흔할 수 있으랴.

자녀는 예속의 빌미가 되기 때문에 어머니 되기를 마다하는 논의도 있다. 곧 자녀를 낳는 것은 남성에게 인질을 내어주는 일이 되어 불만스러우면서도 남성에게 복종하며 살아야 하는 경우를 피하기 위해서라는 뜻이다. 너무 비관적인 예단이며 남녀의 관계를 대립적으로만 이해한 논의다.

사람의 수컷처럼 오래 자기 새끼에게 애정과 관심을 표명하는 동물의 수컷은 없다. 그것은 자녀의 또 다른 역할을 암시한다. 어떤 이유에서든 남녀가 어울려 사는 것이 피할 수 없는 우리 삶의 양태라면 자녀보다 더 든든하게 양성(兩性)을 연결하는 고리가 어디 있겠는가. 그런데 그 고리를 족쇄로만 이해하고 더구나 그 단절을 여성의 권리 신장과 연관짓는 논의는 어딘가 크게 어긋나고 비뚤어진 데가 있다.

출산으로 가사 노동의 양이 늘어나고 특히 양육의 수고로움은 오직 여성에게만 부하된다는 점에서 여성의 출산 기피를 설명하려는 이도 있다. 그러나 그것은 가계 상속권의 문제에서처럼 남성에게 공정한 노동 분담을 요구할 근거는 되어도 출산 그 자체를 거부할 이유는 되지 못한다.

또 육아가 요구하는 잡다한 노동과 주의력의 집중이 어머니의 정신세계를 제한하고 나아가서는 퇴행시킨다는 이유를 들어 출산을 꺼리는 여인들도 있다. 그들은 흔히 육아에 골몰한 상태를 아이처럼 바보가 되어간다고 표현하는데 내가 보기에는 그런 생각이 실로 바보스럽다. 육아에 가치를 부여할 수만 있다면 그것은 새로운 지식과 경험의 축적이며 여성을 어머니로 한 단계 성숙시키는 과정이다. 어쩌면 아이를 갖지 않은 여성들이 일터에서 주워들은 대단찮은 전문 지식이나 거기서 이 사람 저 사람과 벌이는 시시껄절한 수작보다는 훨씬 가치 있을 수도 있는.

삶을 즐기고 누리는 데 장애가 된다는 이유로 주장되는 출산 거부는 우리 시대의 개인주의가 얼마나 천박해지고 타락할 수 있는가를 보여주는 실례가 될 것이다. 기껏해야 성적인 쾌락이나 물질적인 여유를 대상으로 하는 부담을 들어 당당하게 자녀를 마다하는 그 주장에서는 개인주의나 편의주의를 넘어 인간성의 황폐까지 느껴진다.

출산이 여성으로서의 매력을 현저하게 떨어뜨리기 때문에 싫다는 여자들도 있다. 여자의 매력을 성적인 방향으로만 국한시키면 어느 정도는 사실이고, 그걸 잃게 되는 것은 여성으로서는 쓰라림이기도 할 것이다. 그러나 그 말은 처녀적의 매력만으로 일생 남성들로부터 음란스러운 눈길을 느끼며 살겠다는 뜻인데 그 억지스러움은 따로 말할 나위가 없을 것이다. 거기다가 이미 결혼까지 해 놓고 몸매가 망가진다고 아이를 갖지 않겠다는 주장을 들으면 그저 그 거대한 벌거숭이 이기가 아연할 뿐이다.

솔직히 말하면 나의 시대에는 출산과 육아가 여성 개인의 선택

사항은 아니었다. 그것은 당연한 의무로서 거부는커녕, 신체적 결함에 따른 그 불이행조차도 여성이 내쳐지는 일곱 가지 죄악[七去之惡] 가운데 하나가 되었다. 하지만 그 시대에도 회임의 거북함과 분만의 고통은 있었고, 새로운 생명을 이 땅으로 불러내는 모체의 주저와 불안도 있었다. 따라서 그것들을 극복하기 위해서는 나름의 내면적인 선택이 있어야 했다.

회임과 분만을 자랑과 기쁨으로 받아들이기 위해 내가 먼저 주목한 것은 우리가 몸두고 사는 세상의 본질이다. 그때 사람들은 삼재(三才)라 하여 세상을 구성하는 요소로 하늘과 땅과 사람을 들었다. 그리고 논자에 따라서 하늘을 으뜸으로 치기도 하고 땅이나 사람을 으뜸으로 치기도 했다.

세상의 대부분은 하늘과 땅으로 메워져 있고 많은 일들은 그 둘의 오묘한 질서로 다스려진다. 사람은 그것들에 비해 터무니없이 작고 힘없다. 그리고 그 질서에 얽매여 있어 얼핏 보면 그 일부거나 하찮은 예속물 같다. 그러나 다시 한번 곰곰이 생각하면 사람의 세상은 어차피 사람이 으뜸일 수밖에 없다.

하늘과 땅 그리고 그 사이에 펼쳐진 모든 것은 저마다 존재하는 것이기는 하지만 사람이 없으면 아무런 의미를 가지지 못한다. 우리가 세상이라고 말하는 것은 우리에게 감지되거나 인식된 것들로 이루어져 있다. 사람이 살지 않는 세상에 어짐이 무엇이며 의로움이 무엇이며 예절이 무엇이며 앎이 무엇인가. 사람이 느끼지 못하는 아름다움이 무엇이며 사람이 알 수 없는 진리는 무슨 의미가 있는가. 거룩함은 무엇이며 착함은 무엇인가.

가치를 좀 더 속되게 이름 붙여 보면 사람이 없는 세상의 뜻 없음은 더욱 밝게 드러난다. 권력과 명성과 부(富)는 저잣거리의 사람들이 가장 몸달아 뒤쫓는 가치이다. 그러나 사람이 없는 세상에 명성이 무슨 자랑이 되며 다스릴 사람이 없는데 권력이 무슨 뜻을 가지겠는가. 재물도 그렇다. 사람이 없으면 억만금을 쌓아 놓은들 무슨 소용이 있겠는가. 사람이 곧 세상이다.

그런 뜻에서 아이를 낳고 기른다는 것은 세상의 바탕을 이룩하는 일이 되고 그 한 가지만으로도 출산의 가치를 부인하는 천만 가지 교묘한 논리를 대적할 수 있다. 세상을 있게 하는 일, 지금 여기 있는 모든 것에 이름을 매기고 뜻을 주고 값을 셈하는 존재를 만드는 일 — 그보다 더 크고 아름다운 일이 어디 더 있겠는가.

도가(道家)에서 만물을 형성하는 도(道)를 일러 현빈(玄牝)이라 한다. 글자 그대로 풀이한다면 '신령스러운 암컷' 혹은 '위대한 어머니' 쯤이 될 것이다. 그들은 한 비유나 상징으로 그 이름을 끌어다 썼지만 자못 절실하게 어머니란 이름의 크기와 아름다움을 드러냈다.

나는 회임과 분만을 자랑과 기쁨으로 끌어안기 위해 먼저 그

현빈의 꿈을 골랐다. 크게 보면 세상의 일부에 지나지 않지만 그 자체로도 하나의 세상인 생명을 나는 몸안에 품고 낳으려 한다. 그 세상이 어떻게 자라고 성숙할지는 그 다음 문제다. 당장은 새로운 세상을 품고 낳으려 함만으로도 크고 아름다운 꿈이 된다. 그 일에 내 몸이 수고롭고 뼈와 살이 덜어진들 어찌 마다할 수 있으랴.

어머니 됨을 위한 준비 — 태교

옛말에 이르기를 "스승에게 십 년을 배우기보다 어머니의 태교(胎教) 열 달이 더 중하고, 태중 열 달의 가르침보다 남편이 아내를 대하는 마음가짐이 더 귀하다."고 했다. 이는 사람을 기르고 가르침에 있어 무엇이 근본이 되고 무엇이 가지가 되는지를 잘 일러주는 말이다. 바르지 못한 심성에 가르침이 무슨 소용이 있으랴.

따라서 옛 여인네들이 태교는 낳고 기르는 일에 못지않게 중시되었고 그 내용도 일찍부터 여러 가지로 전해져 왔다. 곧 부녀가 잉태하면,

잠잘 때 모로 눕지 아니하며

맛이 이상한 음식은 먹지 아니하며

앉을 때 한쪽으로 치우치지 아니하며

설 때 한쪽 발에만 의지하지 아니하며

반듯하게 썬 음식이 아니면 먹지 않고

자리가 바르지 않으면 앉지 아니하며

눈으로 좋지 못한 빛을 아니 보고

귀로는 바르지 않은 소리를 듣지 아니하며

밤에는 소경으로 하여금 시(詩=詩經)를 외게 하여 듣고

옳고 바른 일만 이야기한다.

　하여, 그대로 따르도록 하였다. 이는 뱃속의 아이를 위태롭게 하지 않을 뿐만 아니라 하늘이 그 아이에게 주신 맑은 성품을 오욕칠정으로 흐려진 부모의 기질로부터 지켜내기 위함이었다.

　오늘날 태교의 그러한 효능은 오랫동안 동양의 지혜에 오만하기 그지없었던 서구의 현대 과학도 어느 정도 인정하는 듯하다. 처음에는 태아의 건강에 대한 동양인들의 별난 관심으로 비웃던 그들도 모태의 심리 상태가 태아의 의식 형성에 관계함을 인정하게 된 것이다.

　나도 그 태교에는 그 어떤 훌륭한 어머니에 못지않게 힘을 쏟았

는데 한글로 된 내 실기에는 그 부분을 이렇게 적고 있다.

〈부인이 태기(胎氣) 있으면 반드시 「열녀전」의 경계한 말을 역력히 명념하여 그대로 행하시되, 음식을 당하여도 빛이 다른 것과 맛이 변한 것과 보기에 부정한 것은 일변 아니 자시며, 예에 맞지 않는 일은 아니 보시며, 유탕(遊蕩)한 노래를 아니 들으시며, 기운 자리에 아니 앉으시며, 위태한 땅에 아니 서시며, 포려(暴戾)한 성음이 없으시며, 급거(急遽)한 기색이 없으시며, 행보(行步)를 반드시 안정히 하시며, 신체를 기울게 아니하시더라. 하루는 동네 어떤 집에 회갑 잔치를 배설하여 내외 친척이 모이게 되었는데 창기(娼妓)와 풍물을 갖추고 광대놈이 떡달(탈)을 쓰고 온갖 희롱을 벌이거늘 남녀노소 둘러서서 구경하더라. 부인이 이때 마침 잉부로서 이 모임에 참예하였으나 종일토록 머리 한번 들어 보지 아니하시고 자약히 놀다 돌아오시니 경당 선생이 그 일을 들으시고 탄식하여 가로되 "너는 진실로 배운 바를 저버리지 아니하였구나!" 하시더라.〉

그렇지만 내가 받아들인 태교의 대의는 반드시 옛 사람들의 가르침만 따른 것은 아니었다. 모체를 안전하고 평온한 곳에 두어 태아를 보호하는 것은 중한 일이고, 모체의 바른 몸가짐과 옳고 맑은 마음씀이 태아의 심성을 바르게 이끈다는 가르침도 나는 의심하지 않았다. 하지만 태교의 더 큰 뜻은 머지않아 어머니가 되려는 여인네의 자기 수련과 준비에 있다고 보았다.

다시 말하지만, 어머니는 여성이 가질 수 있는 이름 중에서 가장 아름답고 크고 중한 이름이다. 오늘날에는 비대할 때로 비대해진 자기(自己)에 가리워져 다소 퇴색한 느낌을 주지만 그래도 그 이름을 떠나 성취될 여성의 위대함은 흔치 않다. 우리에게 세상의 위대함은 종종 인간의 위대함이며, 어머니는 바로 그 인간을 생산하는 이이기 때문이다.

우리가 세상에서 맡게 되는 하찮은 일에도 나름의 각오와 다짐은 있게 마련이다. 그런데 어머니처럼 크고 중한 일을 맡으려 하면서 어찌 거기에 걸맞은 준비가 없을 수 있겠는가.

하찮은 일이라도 이미 준비를 갖추고 시작하는 이와 아무런 준비 없이 당하는 이가 같을 수는 없다. 하물며 어머니 됨이랴. 자신에게 일어나는 일이 무엇인지도 모르고 열 달을 보낸 뒤 어느 날 갑자기 어머니가 되면 의지할 것은 동물의 모성 본능밖에 없다. 어머니가 되는 것이 아니라 자신의 희로애락에 따라 새끼를 빨고 핥고 하다가 버리고 죽이기도 하는 짐승의 암컷이 될 뿐이다.

태교는 바로 그같이 크고 중한 어머니 됨을 위한 준비이며, 그 부분에 대한 실기의 기록은 과장이 없다. 나는 오히려 그러고도 어머니 되려는 내 마음의 준비가 모자랄까 걱정했다.

후부인(侯夫人)의 길을 좇아 ― 심성(心性)의 바탕을 바로 다지고자

나는 여섯 아들과 두 딸을 낳았고 일곱 아들과 네 딸을 길렀다. 광산 김씨 소생인 한 아들과 두 딸은 태교를 베풀 겨를이 없었으나 어김없이 내 자식이며 가르침과 기름에도 분별을 둔 적이 없다.

내가 열하나나 되는 아이들에게 훈계한 말은 일일이 다 기억하기도 어렵거니와 기억한다 해도 여기에 다 늘어놓을 수는 없다. 다만 셋째 현일(玄逸)이 쓴 「행실기」와 후손들이 엮은 「선조비(先祖妣) 실기」, 그리고 규중에서 엮어진 듯한 국문으로 된 「정부인 안동 장씨 실기」에 드러난 것들에 의지해 대강만 더듬어보기로 하자.

대사헌과 이조판서를 지내고 이른바 '금양학파(錦陽學派)'를 일으켜 도산의 학맥을 이었으며, 세상 사람들에게 갈암 선생(葛庵先生)으로 추앙받던 셋째는 나이 예순에 이르러 내 「행실기」를 썼는데 거기에 이런 구절이 있다.

〈현일은 어머님께서 말씀하실 제 아직 나이 어리고 미련하여 그 뜻을 모두 기억하지 못하나, 지금도 무슨 잘못을 저지르면 깜짝 그날의 가르치심이 귓가에 쟁쟁하게 떠올라 다시 들리는 듯하다. 내가 밝고 어질지 못해 어머님의 지극한 가르치심을 모두 지키지는 못했으되 그래도 이룬 것이 있다면 다른 사람을 대하는 언행에서일 것이다. 하루하루를 살면서 여러 곳에서 수많은 사람을 만났으나 나는 한번도 더럽고 상스러운 말씨나 버릇없는 몸가짐으로 그들을 대한 적이 없었다고 믿는다. 이는 모두 어머님께서 어렸을 적 금하고 깨우쳐주신 덕분이다.〉

내가 아이들에게 무엇을 가장 힘써 가르쳤는가를 짐작할 수 있게 하는 구절이다. 사람을 곧 세상으로 보고 그들과의 관계를 우리 삶의 가장 중요한 내용으로 본 내 가르침을 셋째는 늙도록 저버리지 않았음에 분명하다.

나는 아이가 말귀를 알아듣기 시작하면 먼저 세상에는 함부로 거스르고 어겨서는 안 될 존귀한 것이 있음을 가르쳤다. 존귀함을 아는 것은 모든 배움의 바탕이 된다. 어버이가 존귀함을 알면 효도를 받아들이게 되고 나라가 존귀한 것을 알면 충신의 길을 배우게 된다. 학문이 존귀한 것을 알면 선비의 도를 배우게 되고 성현의 가르침이 존귀한 것을 알게 되면 그 몸을 닦을 줄 알게 된다.

나는 또 출산하는 딸들에게 경계하였다.

"아이에게 먼저 존귀한 것이 있음을 가르쳐라. 불효와 역적과 흉험(凶險) 패륜이 모두 존귀함이 있음을 배우지 못한 데서 나오느니라."

다음으로 어미가 할 일은 아이의 기상을 길러주는 일이다. 아이는 다음에 만들어질 세상이며 그걸 향한 꿈은 커서 지나치는 법이 없다. 아이의 기상을 기른다는 것은 그 꿈을 다듬고 북돋워 주는 일이다.

그런데 요즘의 젊은 어머니들을 보면 그 둘 모두를 혼동하고 있는 듯하다. 존귀한 것이 있음을 가르치는 것이 아이의 기를 죽이는 것으로 잘못 알아 겁나는 것이 없는 아이를 길러 놓는다. 아이의 욕구를 무턱대고 받아들이는 것만이 아이의 꿈을 키워주는 것으로 믿어 절제할 줄 모르고 참을성 없는 심성을 부추긴다. 그래서 겁나는 것 없고 욕구를 절제할 줄 모르는 아이들이 공공의 장소를 안방처럼 휘젓고 다니며 소란을 떨고 남을 불편하게 만드는데도 제 아이 기 살아 있는 것만 좋다고 웃는다. 기껏 나쁜 버릇만 길러 놓고 기상을 길렀다고 단단히 오해하고 있다.

내 보기에 그런 어머니는 어머니가 아니라 새끼 딸린 암컷에 지나지 않는다. 집안에 기르는 개가 새끼를 낳거든 그 새끼를 한번 걷어차 보라. 새끼의 자잘못을 따지지 않고 암컷은 단번에 허연 이를 드러낼 것이다. 그 암캐와 버릇없는 아이를 나무라는 노인에게 하얗게 눈 흘기며 덤비는 요즘의 젊은 어머니가 얼마나 다를 것인가.

아이의 기상을 기른다는 것은 크고 아름다운 꿈과 그것을 실현할 선한 의지를 북돋워주는 일이다. 국문으로 된 내 실기에는 그와 관련된 훈계가 여럿 보인다.

〈착하게 되려는 것은 모든 사람이 바라는 일이다. 아무리 어린 아이라도 착하다고 해 주면 기뻐하고 나쁘다고 나무라면 성낸다. 그렇듯 착함을 좋아한다는 것은 착한 마음을 타고 났다는 뜻이며, 또한 사람에게는 누구나 착하려고 애쓰는 마음이 있다는 뜻이다. 그 마음을 키우면 성현이 따로 없고 군자가 따로 없게 될 것이니 어찌 귀하고 값지지 아니하랴. 너희들은 부디 너희 마음속에 있는 그 보물을 잊지 말아라.〉

〈성인이라는 분도 여느 사람과 다를 바가 없으니, 만일 여느 사람과 본시 다르게 태어났으면 우리가 어떻게 그분들을 배울 수가 있겠느냐? 생김도 말도 우리와 같고 다만 다른 것이 있다면 그 행신(行身)하는 바일 것이다. 하지만 그 행신도 배우지 않으려는 것이 걱정스럽지 애써 배우려 든다면 어려울 게 무엇 있겠느냐?〉

그러다가 아이들이 학문에 들게 되면 나는 그 학문의 마지막 쓰임이 어딘가를 일러주려고 애를 썼다.

〈너희들이 세상을 산다는 것은 사람들과 어울려 산다는 뜻이다. 예절의 시작은 그 어울림에서 상대에 맞게 행신하는 것이니 존중할 것은 존중하고 버릴 것은 버릴 줄 아는 것이 그 내용이다. 존중하여야 할 것을 존중하지 않으면 패역(悖逆)이란 소리를 들을 것이고 존중하지 않을 것을 존중하면 비굴하다는 소리를 들을 것이며 버려야 할 것을 버리지 못하면 비루하다는 말을 들을 것이다.〉

〈착하다, 악하다는 사람을 향한 분별이다. 남을 해치고 착한 일은 없으며 남을 이롭게 하고 악한 일은 없는 법이다. 이로(理路)를 비틀어 악한 일을 착하게 꾸미고 착한 일을 악(惡) 속에 파묻어버릴 수 있으나 이는 가을 아침의 안개와 다름없다. 안개가 아무리 짙어도 해가 뜨면 모든 것은 드러나게 마련이다.〉

〈글을 잘하는 것은 좋은 일이나 나는 너희들이 글을 잘한다 하여 특히 귀하게 여기지는 않겠다. 그러나 한 가지라도 착한 일을 배워 실천함으로써 너희 어진 행실을 밖에서 듣게 된다면 비록 그 일이 작더라도 나는 기뻐 잊지 않겠다.〉

아이들이 점차 나이가 찬 뒤에는 나라와 군주에 대해서도 내가 아는 바대로 마음가짐의 바탕을 마련해 주었다.

〈사람이 중하되 그중에서도 피가 같고 한 땅에 살며 말이 통하는 겨레가 으뜸이다. 나라는 그 겨레가 어울려 만든 것이니 사람이 겨레와 나라를 떠나 천지간에 몸 둘 곳이 어디 있겠느냐.〉

〈선비의 직분은 임금을 보필하는 것이었으나 송(宋)나라 이래로 재추(宰樞)의 권한을 말하는 이들이 생겼다. 이는 왕좌(王佐)의 이치를 신권(臣權)의 강변으로 뒤튼 것인 바 대성(大聖)께서 우러르신 주(周)의 문물이 아니다. 상고해 보면 임금보다 힘 있는 신하가 다스려 잘되는 나라가 없지는 않았으나, 주공(周公)보다는 위조(魏祖=曹操) 왕망(王莽)의 무리가 더 많았다. 행여 너희는 그런 논

의에 가담하지 말라.〉

또 병자호란이 일어났을 때는 철든 아이들과 동리의 젊은이들을 모아 놓고 일렀다.

〈천한 북쪽 오랑캐들에게 업신여김을 당해 나라와 임금이 아울러 욕을 당하게 되었으니 어찌 보고만 있을 수 있겠느냐? 옛적 제(齊) 나라의 노중련(魯仲連)은 조(趙) 나라에 노닐다가 진(秦) 나라가 한단을 포위하자 분연히 외치기를,

"저 진(秦)은 예의를 버리고 단지 싸움터에서 적의 목을 많이 베는 것만을 귀하게 여기는 잔인무도한 나라이다. 선비를 꾀와 속임수로만 부리고 백성을 포로처럼 학대하는 것들이니 그 왕이 천자가 되어 천하를 다스리게 된다면 나는 그 신하가 되느니보다는 차라리 동해를 밟아 죽을 뿐이다!"

라 하고, 그 의기로 마침내 진나라 군사를 물리쳤다. 이제 내가 병기와 군량을 댈 터이니 너희들은 충의로 일어나 남한산성에 외로이 에움을 당해 계시는 임금님을 구하라.〉

비록 그 논의가 제대로 익기도 전에 삼전도의 굴욕이 있었으나 내 그 같은 말은 아이들 모두에게 고루 자취를 남긴 것으로 안다.

재물에 관한 가르침은 주로 경계의 형식으로 주어졌다. 아이들이 재물을 알 나이가 되면 나는 재물 또한 사람과의 일로 바꾸어 가르쳤다.

〈사람이 몸을 기르는 데 없어서는 안 될 게 재물이나 물고기는 향기로운 미끼 때문에 죽고 선비의 아름다운 이름은 재물로 하여 상한다. 재물도 사람과 사람의 관계를 떠나서는 값이 없다. 남이 모두 넉넉할 때 내 재물이 많은 것은 자랑과 여유가 되지만 남이 모두 없는데 홀로 많이 가짐은 재앙일 뿐이다. 도둑들의 말에 필부가 죄가 있는 것이 아니라 재물이 죄가 있다 하였다. 남이 모두 굶는데 홀로 가득한 곳간은 마침내 화를 부르는 문이 될 뿐이니 너희는 그 이치를 알아 재물을 대하도록 하여라.〉

〈내가 늘 세상 사람들을 안타까이 여기는 것 중에 하나는 재물이 있다고 해도 그것을 바로 쓰지 못해 의리를 해치고 서로가 멀어지는 일이다. 의리는 무거운 것이고 재물은 가벼운 것이니, 재물은 지금 없다 하더라도 뒷날에 다시 생겨날 수 있으나 의리는 한 번 깨어지면 되살리기 어려운 까닭이다. 그런데 사람들은 어찌 무거운 것을 버리고 가벼운 것을 취하는가.〉

〈내가 제갈공명을 흠모하는 것은 그 재주가 뛰어나서도 아니고 학식이 깊어서도 아니다. 그런 재주와 학식을 지녔으면서도 몸소 밭 갈며 소박하고 검소하게 살았던 그 인품이다. 공명의 그 같은 인품은 뒷날 선주(先主) 유비의 삼고초려를 입어 군사(軍師)가 되어서나 선주께서 붕어하신 뒤에도 변함이 없었다. 안에서는 온 백성들이 우러르는 승상이요 밖에서는 삼군이 떠는 명장인데다 후주(後主)가 아버지처럼 의탁하는 바니 그가 얻고자 하면 무엇을 얻지 못하였겠느냐. 그런데도 그가 죽을 때 지녔던 재산은 뽕나무 팔백 그루와 밭 열다섯 이랑뿐이었다. 대장부 진군자(眞君子)란 바로 그런 사람을 이름이다.〉

자식을 자신의 것인 양 여기고 자식의 삶을 오로지 제 뜻대로 결정하는 것을 나는 매양 경계해 왔다. 그러나 한 가닥 아름다운 꿈을 자식의 삶에 거는 것까지 나무랄 수는 없다. 가만히 돌이켜 보면 나는 그 꿈을 후부인(侯夫人)의 삶에서 찾아냈던 듯하다.

후부인은 송나라 낙양 사람으로 정향(程珦)의 부인이요 정자(程子) 명도 선생(明道先生)과 이천 선생(伊川先生) 형제분의 어머니 되시는 분이다. 성품과 행실이 단정하고 학식이 높았으나 사장(辭章)을 숭상하지 않고 법도로 자식을 가르쳐 형제를 나란히 명현(名賢)으로 길러내셨다. 특히 명도 선생은 세상 사람들에게 '맹자 이후에 오직 한 사람'이라 일컬어졌으며, 아우인 이천 선생도 학문의 정밀함과 깊이가 형에 뒤지지 않아 흔히 형제가 이정(二程)으로 묶이어 불리운다.

내가 후부인의 행적을 읽은 것은 나라골로 시집오기 얼마 전이었다. 비록 사는 땅이 다르고 천 년 가까운 세월이 벌어져 있으나 후부인의 삶은 내 머릿속에 아름답게 새겨졌다. 그때껏 골몰했던 시사(詩詞)와 화필(畫筆)을 끊은 뒤라 더욱 그랬을 것이다.

그런데 알 수 없는 일은 내가 아이들을 선비로 길러내기 위해 내린 가르침들은 어떤 행장이나 실기에서도 잘 눈에 띄지 않고 나 자신의 기억에도 별로 남아 있지 않은 점이다. 나와 아이들의 삶에 너무도 속속들이 스며든 정의(情意)의 교감이 있어 말로 드러난 것이 오히려 적었는지도 모르겠다. 따라서 이 부분은 내 일곱 아들의 삶을 더듬어 짐작해 내는 수밖에 없다.

맏아이 상일(尙逸) ― 정묵재(靜默齋)

다소 이상하게 들리겠지만 내가 나라골로 시집갔을 때 맏아이 상일은 벌써 다섯 살이었다. 군자의 전취 광산 김씨 소생이라 태교 열 달은 베풀지 못했으되 상일은 틀림없이 나의 아들이며 그 아이에게 바친 정성 또한 세상의 그 어떤 어미에게 뒤지지 않는다고 자부한다.

앞서 말했듯 내가 신행해 들어갈 무렵 충효당은 안팎으로 어수선하기 그지없었다. 두분 시아주버님과 군자의 전취 광산 김씨의 참상(慘喪)에 손위 동서 무안 박씨의 순절이 더해 집안은 상중이나 다름없었다. 이때에 군자께서 시아버님을 대신해 집안을 돌보고 있으셨으나 원래가 학문에만 여념이 없던 서생인데다 상처한 시름이 있으니 그 가독(家督)이 세심할 리 없었다.

거기다가 더욱 걱정스러운 일은 그 큰 집안에 어머니의 정성과 욕심이 시들어버린 일이었다. 시어머님 진성 이씨는 운악공이 상심할까 주야로 위로하시느라 집안을 살피실 겨를이 없고 맏동서 무안 박씨는 그때 이미 순절을 다짐한 터라 아이들이 이미 마음 밖에 있었다. 그러다 보니 상일은 나이 다섯에 이르도록 가르침다운 가르침을 받을 수가 없었다.

나는 먼저 군자께 상일의 일을 말씀드려 보았다. 하지만 그때 군자께서는 전혀 동몽(童蒙)을 가르쳐보신 적이 없을 뿐더러 아직 그럴 겨를이나 흥심(興心)도 없으셨다. 이에 하는 수 없이 이웃에 알아보니 마침 나라골에서 십리쯤 되는 곳에 남경훈이란 선비가 서당을 열고 동몽을 받고 있었다. 나는 어린 상일을 업고 그 서당을 찾아가 첫 배움을 열어주었다. 시집가던 첫해 겨울이니 내 나이 열아홉일 때였다.

그 뒤 상일이 소학(小學)을 익힐 때까지 거의 5년 동안 나는 그 아이를 업고 그 십리길을 오갔다. 사람들은 계모된 어려움을 말하나 나는 진심으로 말하거니와 내 아이로 그를 길렀다. 그 5년의 내 정성은 그 아이에게 못 베푼 태교 열 달에 갈음하기 위함에 지나지 않았다.

조상의 유덕에 자신의 노력을 더하여 상일도 훌륭한 선비로 자라주었다. 상일은 관례(冠禮) 뒤에 자를 익세(翼世)라 하고 호를 정묵재(靜默齋)로 썼다. 인조 11년에 진사과에 나갔고 뒤에 다시 유림의 천거로 장릉 참봉에 제수되었으나 벼슬에 나가지 않고 학문에만 전심했다. 맏이어서 군자의 대명절의에 영향 받은 바 컸으리라 짐작된다.

예나 지금이나 자식 자랑은 불출로 여기나 나는 이 아이를 자랑하지 않을 수 없다. 인물과 덕망은 장자(長者)의 풍도가 있었고 특히 문장이 뛰어나 향사(鄕士)들이 기꺼이 머리를 숙였다. 서른두 살에 단산 서원(丹山書院) 원장을 역임한 것으로 그 학식과 인품을 엿볼 수 있다. 출입은 하회(河回)로 하였는데 곧 서애(西厓) 유 선생의 손서(孫壻)가 된다. 문집 세 권을 남겼고 뒷날 이른바 '칠산림(七山林)'의 하나로 추앙되었다.

둘째 휘일(徽逸) ─ 존재(存齋)

이 아이는 그 빼어난 재주로 나를 기쁘게 하였으나 그만큼 어미의 가르침에서는 일찍 벗어났다. 대여섯 살 때 이미 「오경요어(五經要語)」를 읽었으며 아홉 살 때는 이미 연구(聯句)를 지을 정도라, 내 깊지 못한 학식으로는 잘못 이끌까 두려워 일찍 가르침을 사랑채

로 넘겼다. 열셋에 「구인략(求人略)」을 읽고 또 「주역」을 읽은 소감
을 시로 지어 시아버님 운악공께 바쳤다.

복희씨의 하도(河圖) 장난 그림 같으나
곰곰이 생각하니 그 이치 끝이 없어라
여덟이 각기 여덟 가지의 뿌리가 되니
천지 만물 모든 게 그 안에 다 있더라

伏羲橫圖如戱畵
細思其理却無窮
原八爲根各八支
天地萬物在此中

공이 그 같은 시를 보시고 감탄하여 맹자의 「오륜설(五倫說)」을
손수 써서 내리시며 면학을 격려하셨다.

그 사이 경황을 되찾은 군자께서도 이 아이는 눈여겨보시고 가
르침을 내리셨다. 그러나 병자년의 치욕을 당하신 뒤 세사(世事)에
뜻을 잃고 수비산으로 들어가시니 가르침에도 흥심이 없으셨다.
이에 나는 첫째 상일과 둘째 휘일을 나란히 친정아버님 경당의 문
하에 들여보내 도산의 적전(嫡傳)을 잇게 했다. 셋째 현일이 현달

하여 세상 사람들은 흔히 도산의 학통이 아버님 경당에게서 현일에게로 이어졌다고 말하나 내가 보기에 아버님의 적전을 물려받은 것은 둘째 아이 휘일이다.

휘일은 자를 익문(翼文) 호를 존재(存齋)라 썼다. 아버님 경당의 훈도를 받아 제자백가서(諸子百家書)를 두루 익히고 이어 「근사록(近思錄)」 「심경(心經)」 「성리대전(性理大全)」 「역학계몽(易學啓蒙)」 「주자서절요(朱子書節要)」와 「퇴계집」 등 이학(理學) 저서에 정통하였다. 특히 맹자의 수심양성(修心養性)에 뜻을 두고 전심하여 학행을 닦았으며 상제의례(喪祭儀禮)의 제도와 절목에도 밝았다.

휘일의 그 같은 삶을 잘 드러내 보이는 글로는 금성휘(琴聖徽)란 사우(師友)에게 보내는 오언고시(五言古詩)가 있다.

군자의 참된 도(道)는

그 재주를 드러냄이 아닌 것을

그것을 내 한몸에 잘 갈무리면

덕은 절로 그 모습을 드러내리

이와 같은 이치가 책 속에 갖춰 있어

해와 별처럼 밝게 빛나는도다

所以君子道

不貴露其英

蘊之在一身

德容自溫淸

此理具方册

炳然如日星

　그 안에 있는 이 같은 구절은 둘째 휘일이 평생 의지한 바가 무엇인지를 짐작할 수 있게 해 준다.

　그러나 이 아이는 학문에 욕심이 지나쳐 종당에는 그 몸을 상하게 하는 지경에 이르렀다. 나이 쉰에 『홍범연의(洪範衍義)』를 지으면서 과도한 독서로 소갈병(消渴病)에 걸렸는데 그때 내가 글로 일러,

　〈여섯째 아이편에 듣자니 네가 물을 많이 마시어 모양이 수척하다는구나. 부모의 마음으로 네 마음을 삼아 안정하여 병조리를 하면 부모의 기쁨이요, 또한 그것이 효도가 아니겠느냐. 그런 연후 배우고 또 배워 천하에 쓸모 있는 그릇이 되도록 하여라.〉

　하였다. 그 아이가 답해 올리기를,

　〈엎드려 편지 받자옵고 부모의 마음을 몸으로 알도록 애써서 천하에 쓸모 있는 그릇이 되도록 하겠습니다.〉

　라 하니, 고희(古稀)를 넘은 어미와 지명(知命)에 이른 자식 간

에 주고받는 글로는 아름다움이 있었다. 그러나 어찌 알았으리오, 그 몸을 침노한 병의 뿌리가 모질어 둘째는 끝내 주저(主著)『홍범연의』의 완간을 보지 못하고 쉰넷의 나이로 어미에 앞서 세상을 버렸다.

옛말에 이르기를 '죄가 삼천 가지라도 불효보다 더한 죄가 없고 불효가 삼천 가지라도 부모 앞에 죽는 것보다 더 큰 불효가 없다.' 하였다. 이 아이에게도 불효의 죄를 물어 마땅하나 길지 못한 생애에 닦은 학문이 깊고 후세에 끼친 이름이 아름다워 다만 애통함이 있을 뿐이다.

둘째 휘일은 일찍이 학행으로 경기전(京畿殿) 참봉에 제수된 적이 있으나 첫째처럼 벼슬길에는 나아가지 않았고 나라골에서 멀지 않는 오촌동(梧村洞)에 명서암(冥棲庵)을 지어 연거(燕居)와 강도(講道)의 터로 삼았다. 또 갈천(葛川) 입구에 뇌택정(雷澤亭)을 지어 소요자적하면서 오로지 학문에만 전심하였다.

퇴도 선생의 삼전제자(三傳弟子)로서의 면모는 둘째 휘일이 도산 서원에 남긴 자취로 잘 드러난다. 휘일은 벌써 서른에 도산 서원에서 강도하였고 쉰넷에 눈감을 때까지 전후 합쳐 열한 해나 도산 서원장을 지냈다. 뒷날 셋째 현일이 널리 퇴도 문하의 세력을 결집할 수 있었던 것도 둘째 휘일이 도산 서원을 중심으로 닦아 둔 기틀에 힘입은 바 컸다.

이 둘째 아이의 우모소(寓慕所＝齋舍)로는 유림의 발의로 세워진 진안의 백호정(白湖亭)이 있다. 눌은(訥隱) 이광정(李光庭)이 그 이름을 지었고, 대산(大山) 이상정(李象靖)이 그 상량문(上樑文)을 썼으며, 구사당(九思堂) 김낙행(金樂行)이 기문(記文)을 썼다. 거기다가 내게 크게 위로가 된 것은 살아 둘째를 배향하는 인산 서원(仁山書院)이 나라골에 선 것을 본 일이다.

그 서원은 뒷날 조정의 명으로 훼철(毁撤)되기는 하나 자식이 배향된 서원을 보는 복은 그리 흔치 않으리라.

셋째 현일(玄逸) ― 갈암(葛庵)

셋째 아이의 이름은 현일(玄逸)이요 자는 익승(翼昇)이다. 호는 갈암(葛庵)으로 썼는데 뒷날 세상 사람들에게는 따로이 남악 선생(南嶽先生)으로 불리기도 했다. 시호(諡號)는 문경(文敬)을 받았고 내게 정부인(貞夫人)이란 외명부(外命婦)의 직첩이 내려진 것도 이 아이의 현달 덕분이다.

일생 학문에만 전념한 손위 두 형들과 달리 셋째 현일은 어려서부터 곧잘 경세(經世)의 뜻을 드러냈다. 아홉 살 때「영화왕(詠花王)」이란 시에서 이르기를,

꽃의 왕 봄 바람 불어내며

높은 단 위에 말없이 있네

여러 꽃 다투어 피어나되

승상은 어느 꽃이 되리.

花王發春風

不語階壇上

紛紛百花開

何花爲丞相

라 하니, 사람들이 이를 듣고 장차 재상감이라 여겼다. 또 같은
해에 병자호란이 일자 「창전매(竹前梅)」란 시를 지어 아이답지 않
은 우국충정을 읊었다.

창 앞의 매화나무 네 그루

으스름 달을 향해 피었구나

그 꽃 아래 즐기려 하되

천한 오랑캐가 대궐을 에워쌌네

竹前四梅樹

開向黃昏月

欲飮花下酒

奴賊衛城闕

또 하루는 둘째 휘일이 평생의 뜻을 묻자 서슴지 않고 대답했다.

"장수가 되어 오랑캐를 정벌하고 요동 땅을 되찾는 일입니다(源爲元師 蕩平胡虜 收復遼東)."

뿐만 아니라 어려서부터 무(武)에 뜻을 두어 「손자」 「오자」 「무경(武經)」 등의 병서를 읽고 평생 청나라에 대한 복수 설치(雪恥)의 뜻을 버리지 않았다. 이는 현일의 어린 시절이 중원으로는 명나라와 청나라의 교체기였고, 이 땅에서는 두 차례의 호란(胡亂)이 겹쳤음과 무관하지 않을 것이다. 감수성이 예민한 열 살 안팎에 삼전도(三田渡)의 굴욕을 전해 들은 데다 군자의 대명절의가 끼친 영향 탓으로 일찍부터 존주의리(尊周義理)를 길러간 것으로 본다. 뒷날 현일이 쓴 「신편팔진도설후(新編八陣圖說後)」나 「존주록(尊周錄)」은 그 성과이다.

현일의 배움은 특별한 사승(師承) 없이 군자에서 둘째 휘일로 이어지는 가학(家學)에 바탕했는데 세상에서는 흔히 이 아이를 도산의 삼전제자(三傳弟子)로 친다. 가학의 연원이 아버님 경당에게 있고, 그 앞에는 또 도산 이부자(李夫子: 퇴계)의 삼고제(三高弟: 서애, 학봉, 한강)가 있기 때문일 것이다.

현일의 총명함은 둘째 휘일에 견주어 결코 뒤짐이 없었다. 일곱 살에 십구사략(十九史略)을 읽었으며 열두 살에는 「소학」, 열셋에는 「논어」를 읽었다. 이 아이의 재주와 국량을 보여주는 일화는 여럿 있으나 실없는 자식 자랑이 될까 하여 피한다.

현일이 선비로서의 면모를 갖춰가기 시작한 것은 열여덟에 장가를 들면서부터가 아닌가 한다. 선대부터 연비(聯臂)가 있었던 무안 박씨 무의공의 손녀로 작배(作配)했는데, 그 무렵에 지은 이 아이의 「자경잠(自警箴)」이 볼 만하다. 〈계태타(戒怠惰)〉는 게으름을 경계하고, 〈계희완(戒戱玩)〉은 놀이와 즐김에 빠지는 것을 경계하며, 〈계부전(戒不專)〉은 학문에 전념하지 못함을 경계하고, 〈계언동(戒言動)〉은 말과 행동을 함부로 하는 것을 경계하며, 〈계긍대(戒矜大)〉는 스스로를 높이는 마음을 경계한 잠(箴)이다.

셋째는 평생 서책을 손에서 놓지 않았지만 그래도 가장 왕성했던 면학의 시기는 두 번째 과거에 실패하고 난 스물두살 때부터 십여 년이 될 것이다. 현일은 한때 학사(鶴沙) 김응조(金應祖)를 만나 학문적으로 영향을 받기도 했지만 배움의 근간은 아무래도 가학(家學)이라는 편이 옳다. 현일은 둘째 휘일과 여러 아우들을 데리고 산사(山寺)와 산방, 초당을 돌면서 면학에 전념하였다. 사람들은 이러한 형제간의 교학상장(教學相獎)을 후한의 학자 정현(鄭玄)의 고사에 비기기도 했다.

그 시기에 학문적인 성취도 상당했던 것으로 보인다. 뒷날의 역작인 『홍범연의』는 그때 벌써 휘일과 함께 편찬을 시작했으며 서른두 살때 도산 서원을 찾았을 때는 바로 거기서 『퇴계집(退溪集)』을 강론(講論)할 정도로 학문이 익어 있었다. 그해 「홍정양간의유소후(洪鄭兩諫議儒疏後)」를 지었고 또 갈암(葛庵)으로 호를 삼으며 「갈암기」를 썼다. 「신편팔진도설후」는 현일이 서른여덟에 쓴 책이다.

셋째의 이름이 영남 사림에 드리우기 시작한 것은 그 나이 불혹에 들면서부터가 된다. 그해 이른바 〈유세철(柳世哲)의 복제소(服制疏)〉로 알려진 영남 사림의 소본(疏本)을 지으면서 현일은 우암 송시열의 기년설(朞年說)뿐만 아니라 미수 허목과 고산 윤선도의 자최삼년설(齊衰三年說)까지 날카롭게 비판하였다. 비록 그 소본이 채택되지는 않았지만 현일이 영남 유림으로부터 예학적(禮學的) 소양을 인정받기에는 넉넉하였다. 이듬해 경광 서원에서 영남 사림을 주도하던 목재(木齋) 홍여하(洪汝河)와 금옹(錦瓮) 김학배(金學培)를 만나 교유하게 된 것도 그 일이 계기가 되었다.

마흔둘에는 포천의 용주(龍洲) 조경(趙絅) 선생을 방문하여 교유를 근기 남인(近畿南人)들에게까지 넓혔다. 근기 남인의 원로인

용주는 일찍이 군자의 절의를 높이 사서 후한말 녹문(鹿門)으로 숨은 방덕공(龐德公)에 견주었으며 또 군자와 일곱 아들을 고양리(高陽里)의 '순씨팔룡(荀氏八龍)'에 비유하기도 하신 분이었다. 현일이 찾아갔을 때는 이미 연로하시어 교유는 필답에 그쳤으나 그로 인해 현일은 미수(眉璏) 허목(許穆)을 비롯한 근기 남인들에게 보다 잘 알려지게 되었다.

하지만 셋째 현일에게도 어려운 시절은 있었다. 마흔셋 되던 해에 둘째 휘일이 죽은데다 상처(喪妻)까지 겹들이더니 마흔일곱 때는 금옹(錦翁)이 홀연 세상을 떠났다. 또 그 이듬해에는 목재(木齋)가 죽고 다시 천붕(天崩)까지 당하였다.

아버지로서보다는 스승으로 우러른 군자의 기세(棄世)와 또 다른 스승이자 학문의 동지이기도 했던 둘째의 죽음은 현일을 아득한 적막감에 빠지게 했을 것이다. 거기다가 영남 사림(士林)의 영수로서 학문과 덕망 모두에서 현일이 의지하는 바 컸던 금옹과 목재의 잇따른 죽음은 더욱 그 아이를 외롭게 했다. 그때의 괴로운 심경은 사우(師友)들 간의 서한에 잘 나타나 있다.

그러나 둘째 휘일과 금옹, 목재의 죽음은 현일을 외롭게 만들기도 하였지만 영남 사림에서의 위상을 더욱 높인 것도 또한 사실이었다. 그들은 모두 십 년 가까운 연장자로서, 그리고 저마다 적전(嫡傳)에 닿은 퇴도 문하의 삼전(三傳) 제자로서 영남 사림을 이끌던 이들이었다. 그런데 그들의 자리가 일시에 비자 사림은 전보다 더 현일에게 의지하게 되었고 마침내는 한 중심축으로 여기는 바 되었다.

그런 중에 다시 현일이 평소 품고 있던 경세의 꿈을 펼쳐볼 계기가 왔다. 숙종 갑인년의 예송(禮訟)에서 남인이 승리하여 서인들을 조정에서 몰아낸 일이었다. 오랜만에 집권한 남인은 권력의 기반을 공고히 하기 위한 세력 결집 과정에서 영남 사림을 이끌던 현일을 조정으로 불러들였다.

현일이 처음 조정에 알려지기는 현종 15년이 된다. 그때 현일은 학행으로 유일(遺逸)에 천거되었으나 마침 상중이라 부임하지 못했고 다시 숙종 2년 사직서(社稷署) 참봉으로 천거되었을 때도 역시 상중이라 부임하지 못했다. 그러다가 숙종 3년 미수 허목의 천거로 장악원 주부에 탁배(擢拜)되면서 벼슬길에 나아갔다.

미수 허목은 원래 고향이 경기도 연천이었으나 중년 이후 여러 차례 영남에 옮겨 살면서 친분과 기반을 확대해 온 사람이었다. 특히 그는 한강(寒岡＝정구)과 여헌(旅軒＝장현광) 문하를 출입하면서 학맥으로도 영남과 이어져 있었다. 그러나 현일을 조정에 천거할 때까지도 명성만 들었을 뿐 서로 만난 적은 없었다.

미수는 현일을 진정한 선비[眞儒]로 극찬하면서 무엇보다도 경연(經筵)의 적임자로 추천하였다. 조정의 원로인 미수의 그 같은 천거는 숙종에게뿐만 아니라 대소 신료들에게도 강한 인상을 주었다. 장악원 주부라는 대단찮은 관작이었으나 현일이 그해 4월에 한양으로 들어가자 신료들은 그를 보기 위해 앞을 다투었고 숙종의 대우도 파격적인 데가 있었다. 9월에는 5품(五品)에 가자되고 동짓달에는 사헌부 지평을 제수하였다. 또 명유(名儒)의 대우로 관직에 있으면서도 상례(常例)에 구애받지 않게 하였다.

그러나 세상의 떠들썩한 선망과는 달리 현일의 첫 번째 출사는 그리 순탄하지 못했다. 사헌부 지평으로 있을 때 이옥(李沃)과 유명천(柳命天)의 대립이 조정의 현안으로 불거졌다. 남인 내부의 알력에서 비롯된 사건으로 남인이 청남(淸南)과 탁남(濁南)으로 나뉘게 되는 원인이 되기도 하는데, 이때 현일은 선비다운 공도(公道)에 의지해 양비론(兩非論)을 폈다. 그러나 이는 양편 모두를 적으로 삼는 격이 되어 인피(引避)를 받고 이어 체직(遞職)까지 당하게 된다.

이에 현일은 경연(經筵)에서 숙종에게 자신을 초야에서 뽑아 조정으로 불러들인 진정한 의도를 묻고 「오조소(五條疏)」를 올린 뒤 홀연히 고향으로 돌아오고 말았다. 그 「오조소」는 명정학(明正學) 진기강(振紀綱) 회공도(恢公道) 납충간(納忠諫) 찰민정(察民政)의 다섯 조항으로 되어 있다. 임금의 수덕(修德)과 국가 기강의 확립, 왕법의 공정한 적용, 언로(言路)의 확충과 척신(戚臣) 세력의 폐해 방지, 그리고 내실 있는 위민 정책(爲民政策)이 그 골자이다.

고향으로 돌아온 현일은 그로부터 십 년 동안 산림에 묻혀 살며 저술과 후학 양성으로 보냈다. 뒤이은 경신환국(庚申換局=경신대출척)으로 남인 정권이 몰락하매 비록 경세의 뜻이 있다 해도 펼길이 없었을 것이다. 대신 일찍이 둘째 휘일과 시작했으나 그때껏 마무리 못한 『홍범연의』에 매달림으로써 못다 푼 경세의 뜻을 거기에 쏟아 부었다.

나는 경신환국 이듬해에 죽어 그 뒤로 이어지는 셋째의 영욕과 훼예포폄(毁譽褒貶)에 대해 직접 보고 듣지는 못했다. 그러나 어미된 혼이 눈감은들 어찌 자식의 일에 무심할 수 있으랴. 현일의 뒷일이 하 애닯아서 후문으로 들었으나마 그 남은 삶을 대강 얽어본다.

현일은 첫 출사에서 돌아온 뒤로 십 년이 넘도록 집필과 강도(講道)에만 전념했다. 예순에는 마침내 『홍범연의』를 완성하고 예순둘에는 「율곡이씨론사단칠정서변(栗谷李氏論四端七情書辨)」을 지었다. 앞의 책은 형제의 학문적 정화가 아우른 역작이요, 뒤의 글은 기호학파(畿湖學派)의 사상적 압박에 대한 영남학파의 반격이란 점에서 뜻이 있다.

셋째 현일의 두 번째 출사는 그 나이 예순셋에야 이루어진다. 그해 기사환국(己巳換局)이 있어 다시 집권하게 된 남인들이 현일을 조정으로 불러들인 덕분이었다. 남인들은 경신환국의 쓰라린 경험에서 광범위한 세력 결집의 필요성을 전보다 더 절실하게 느겼고, 숙종도 진작부터 영남인의 등용에 관심을 보여오던 터라, 그 사이 영남 사림의 영수가 되어 있던 현일의 징소(徵召)는 의전과 격식을 한껏 갖추어 진행되었다.

석계 고택(古宅)이 남아 있는 영양군 석보에는 어로(御路)란 길이 있었는데 그것은 조명(朝命)을 받들고 오는 사신을 위해 안동 부사가 닦은 길이 과장되어 붙여진 이름이다. 또 현일이 안동에서 새재를 넘어 광주에 이르는 열흘 동안 세 번의 승차(昇次)를 거듭하여 도성에 이르니 벌써 이조판서가 되어 있더란 전설 같은 이야기도 있다. 그 밖에 현일이 흰옷을 입고 입궐하였다 하여 백의판서(白衣判書)라고 불렸다 하는데, 이는 아마도 첫 출사 때 관리로서 상례에 얽매이지 않았다는 말이 부풀려진 듯하다.

하지만 두 번째 출사에서 현일의 승차가 파격적이었음은 부인할 수 없다. 처음 성균관 사업(司業)으로 고향을 출발한 현일은 곧 사헌부 장령, 공조참의, 이조참의를 거쳐 예조참판 겸 성균관좨주 원자보양관(元子補養官)에 이르렀고 이어 사헌부 대사헌(大司憲)이 제수되면서 앞서의 관작과 겸임하게 되었다. 그 모든 승차가 대략 출사 이태 안에 이루어진 일이었다.

현일은 그 뒤 이조참판에 이어 세자시강원(世子侍講院) 찬선(贊善)에 임명되었으며 이듬해에는 다시 병조참판에 이어 의정부 우참찬(右參贊)이 되었다. 그리고 숙종 19년 마침내 이조판서에 이르니 임란 이후 영남 사람으로 전형(銓衡)의 자리에 오른 것은 우복(愚伏) 정경세(鄭經世), 귀암(歸巖) 이원정(李元禎)에 이어 세 번째가 된다. 산림을 떠난 지 사 년 남짓만의 일이었다.

현일의 그같이 눈부신 승차 뒤에는 미수 허목과 하헌(夏軒) 윤휴(尹鐫) 같은 거두들을 잃은 남인들의 기대와 성원이 있었다. 그러나 현일의 학식과 행검(行檢)을 높이 산 숙종의 신임도 우악(優渥)스러웠다. 임금이 신하를 대하면서 자신을 소자(小子)로 칭하기도 했을 정도이니 그 두터운 예우를 짐작할 만하다.

어미 되어 자식의 공과를 말하기 어려우나 그 시절 현일의 정치적인 입장은 어느 정도 객관적으로 정리할 수도 있을 듯싶다. 그 아이도 남인 일반처럼 군존신비(君尊臣卑), 곧 군주의 절대권을 인정하였으나 이상으로 삼은 것은 군신조화론(君臣調和論)이었다. 대청(對淸) 정책에서는 남인의 대표적인 북벌론자(北伐論者)였고 예론(禮論)에서는 자최삼년설의 지지자였다. 경제적으로는 화폐의 시행과 양전(量田)을 주장으로 삼았고, 풍속의 교화와 인재의 등용을 위해서는 향약(鄉約)과 선사제(選士制)를 보완책으로 내놓았다. 표면적인 예우에 그친 숙종의 신임과 되도록이면 현일을 경연관(經筵官)으로만 묶어두려는 근기 남인들의 비협조로 이렇다 하게 성과를 거두지는 못했지만 그 지향만은 그 아이를 낳고 기른 어미로서 부끄러움이 없다.

그러하되 지지 않는 꽃이 어디 있고 다함없는 봄이 어디 있으랴. 권도(權道)가 무상하여 갑술환국(甲戌換局)을 당하니 남인 정권은 무너지고 어제의 당상(堂上)은 오늘의 죄인이 되었다. 더구나 경신환국 때 장살(杖殺)당한 귀암 이원정의 자리에 현일이 있었으니 어찌 무사하기를 바라랴.

처음 집권 서인(西人)들이 현일에게 물은 죄는 선후(先后)를 욕되게 한 조사기(趙嗣基)를 변호한 일이었다. 조사기는 인현왕후를 무고한 죄로 열두 차례나 엄한 국문을 받았으나 끝내 불복하다가 참형(斬刑)을 받은 사람이다. 현일은 그를 동정하다가 화를 입어 관직을 삭탈당하고 홍원(洪原)으로 귀양을 가게 되었다.

하지만 정작으로 한스런 일은 뒤이어 있는 사헌부 장령 안세징(安世徵)의 탄핵이었다. 안세징은 몇 해 전 현일이 인현왕후를 보호하기 위해 올린 상소를 흉소(凶疏)로 지목하고 국문을 청했다. 〈왕비의 도리를 다하지 못하고 스스로 임금의 총애를 끊었으며(不循坤彝 自絶于天)〉이란 구절과 〈사방을 둘러 막으시어 잡인들의 드나듦을 엄히 금하소서(爲設防衛 謹其糾禁)〉란 구절을 들어 현일을 명의(名義)를 해치고 강상(綱常)을 어지럽힌 죄인으로 본 것이었다.

원래 현일이 그 상소를 올릴 때는 인현왕후의 일을 입에 올리는 것조차 역률(逆律)로 다스리겠다는 숙종의 엄명이 살아 있던 시절이었다. 현일은 그 전에도 여러 번 인현왕후를 위해 상소를 올렸으나 번번이 승정원에서 기각당하다가 그해 여러 재이(災異)로 언로가 열린 틈을 타 그 상소를 올릴 수 있었다. 비록 폐출된 왕비지만 육례(六禮)를 갖춰 맞은 정비(正妃)인 만큼 별궁(別宮)으로 옮겨 신변의 안전을 지킴과 아울러 후하게 대해 줄 것을 임금께 청한 내용이었다.

안세징이 들고 나온 구절은 당시 장희빈에게 빠져 있던 숙종으로부터 호의를 끌어내기 위해 현일의 고심 끝에 덧붙인 것들이었다. 폐출의 불가함을 따져 숙종의 노여움을 사기보다는 일부 인현왕후의 책임을 인정함으로써 군왕의 관대함을 이끌어내려는 의도가 깔려 있었고, 또 당시에는 모두 그렇게 이해했다. 그런데 안세징은 거두절미하고 그 두 구절만 들어 현일을 의리죄인(義理罪人)으로 몰아버렸다.

갑술환국 직후 정국을 담당한 소론의 실권자 약천(藥泉) 남구만(南九萬)이 현일을 극력 변호하여 겨우 극형을 면했으나 유배지는 홍원에서 더 멀리 종성(鐘城)으로 옮겨지고 위리안치(圍籬安置)가 더해졌다. 현일의 나이 예순여덟 때의 일이었다. 그로부터 3년 뒤 위리(圍籬)가 벗겨지고 호남 광양(光陽)으로 옮겨 귀양살이를 하던 현일은 6년 뒤에야 방귀전리(放歸田里)의 명을 받는다.

진주에서 일 년을 머물어 현일이 실제 고향으로 돌아온 것은 귀양살이를 떠난 지 7년 만이었다. 그러나 현일은 괴로운 귀양살이를 학구와 저술로 채워나갔다. 「수주관규록(愁州管窺錄)」「돈전수어(惇典粹語)」「사범의의(士範疑義)」 등이 그동안의 주요 저술인데 특히 「수주관규록」은 현일의 원숙한 학문을 보여주는 저술이다.

고희에 이르러서야 고향으로 돌아온 현일은 안동 금양(錦陽)에 자리를 잡고 저술과 강학으로 남은 삶을 보냈다. 「존주록(尊周錄)」을 쓰고 「퇴계선생언행통록(退溪先生言行通錄)」의 편목(編目)과 서애연보(西厓年譜)를 산정(刪定)한 것은 그 무렵이 된다. 또 흔히 갈암학파(葛庵學派)로 알려진 그의 문도(門徒)들은 달리 금양학파(錦陽學派)로 불리기도 하는데, 그것은 학파의 형성이 금양 시절의 제자들을 바탕으로 삼고 있기 때문일 것이다.

탈 많고 말 많은 사람 세상에

앉고 누워 살기 팔십 년이네

평생 무엇을 하려 했던고

우러러 하늘에 부끄럽지 않기를 바랐을 뿐이네

草草人間世

居然八十年

生平何所事

要不愧黃天

현일이 그 같은 종명구(終命句)를 남기고 세상을 떠난 것은 그 나이 일흔여덟 때였다. 그러나 그 삶은 자신의 뜻같이 마무리되지 못했다. 한번 덮씌운 의리죄인(義理罪人)이란 오명(汚名)은 현일이 눈감는 순간까지도 벗겨지지 않았다.

그 뒤 대를 이어 집권한 노론 세력은 자기들을 마지막까지 위협한 세력의 영수에게 끝내 관대할 수가 없었다. 현일이 살아 있을 때부터 되풀이되던 전석(全釋)의 처분과 그 환수는 죽은 뒤로도 200년 가까이 더 되풀이된다. 그사이 현일의 억울함을 신원하던 문인(門人)의 희생도 있었고, 배향되던 인산 서원(仁山書院)이 조명(朝命)으로 훼철되는가 하면, 현일의 문집인 『갈암집(葛庵集)』을 간행한 이가 유배되고 문집이 불살라지기도 했다. 그러다가 철종(哲宗) 때에 겨우 관작이 회복되고 고종(高宗)에 이르러서야 문경(文敬)이란 시호까지 되찾게 된다.

넷째 숭일(嵩逸) — 항재(恒齋)

이 아이는 이름을 숭일이라 하고 자는 응중(應中)이며 호는 항재(恒齋)로 썼다. 둘째와는 열한 살, 셋째와는 여섯 살 터울로, 학문은 주로 둘째, 셋째에게서 배워 기틀을 잡았다. 군자와 여러 형들처럼 일찍부터 공명에 뜻을 두지 않고 경사(經史)와 백가서(百家書)에만 전념했다.

숭일의 이름이 뒷세상에 무겁게 알려지지 못한 것은 상일(靜默齋), 휘일(存齋), 현일(葛庵)로 이어지는 손위 형들의 위명 때문이었을 것이다. 특히 바로 손위가 되는 셋째 현일의 우뚝함은 이 아이에게는 든든함이면서도 답답함이 되었으리라. 그러나 뒷날 숭일을 조정에 천거한 재신(宰臣)은 현일과 비하여 학문과 행검 모두에서 '난위형난위제(難爲兄難爲弟)'란 말을 썼을 만큼 그 성취는 컸다.

"진리는 천하의 공기(公器)인데 어찌 사심(私心)이 끼여들 수 있으랴."라는 말은 사림에서 널리 입에 오르는 숭일의 명언이다. 학통 학파간의 시비나 학통 내의 적전(嫡傳) 시비를 겨냥한 말로 보이는데, 넷째는 그런 태도 때문에 외로움을 사기도 했을 것이다.

서른셋에 천붕을 당하자 숭일은 나와 함께 석보로 돌아가 한때 군자께서 기거하시던 곳에 새로이 집을 짓고 당호(堂號)를 항재(恒齋)로 했다. 또 그곳의 두 바위 언덕에 세심대(洗心臺)와 낙기대(樂飢臺)란 이름을 붙이고 따로 광록정(廣麓亭)을 지어 유유자적하며 학문에만 전념했다. 석보의 병암산(屛巖山)을 노래한 시에 넷째의 그 같은 자적함이 잘 드러나 있다.

백 자 푸른 벼랑 저만치 누웠는데

그 봄 꽃 가을 잎을 그려내기 어렵구나

나그네여, 산중 집이 누추하다 웃지 말라

문 앞에 산 그림 병풍이 길게 펼쳐 있느니

百尺蒼崖近面橫

春花秋葉寫難成

傍人莫笑山家陋

長展門前活畫屛

　나이가 들자 숭일은 문하를 열고 후학을 가르치는 한편 저술에
도 적잖이 힘을 쏟았다.「일원소장도개본(一元消長圖改本)」과「율곡
이씨변설론(栗谷李氏辨說論)」 등의 저술이 든『항재집(恒齋集)』여
섯 권과『항재속집(恒齋續集)』두 권을 남겼다. 시문을 즐겨하지는
않았으나 약간이 있는데 조탁(彫琢)해서 만든 것이 아닌 만큼 충
담(沖淡)하고 소창(疎暢)해서 속기(俗氣)가 없다.
　하지만 숭일도 세사(世事)에 무심하지만은 않았다. 포의민초(布
衣民草)라 해서 나라의 안위에 등한할 수 없다 하여 일이 있을 때
마다 소(疏)를 올렸는데, 그중에 가장 널리 알려진 것은 오히려「의
응지소(擬應旨疏)」이다. 보군덕(輔君德) 급구현(急求賢) 중책임(重責

212

任) 제민산(制民産) 수학교(修學校) 숭공도(崇公道)의 여섯 항목으로 되어 있고, 가학의 연원이 같아서인지 셋째 현일의 〈오조소(五條疏)〉와 주장이 통하는 곳이 많다.

숭일은 세칭 〈칠산림(七山林)〉의 하나로 일찍부터 조정에 이름이 알려졌고 세자세마(世子洗馬)가 제수된 적도 있으나 벼슬길에 나선 것은 이순(耳順)이 넘어서였다. 숙종 17년 장악원 주부로 제수되었다가 지의령사(知宜寧事)가 되어 고을에 부임했다. 임금께서는 바로 경연관(經筵官)으로 쓰려 하셨으나 먼저 목민(牧民)을 알게 해야 한다는 대신들의 논의가 있어 그리된 일이었다.

의령에 부임한 숭일은 혁폐(革弊) 소잔(蘇殘) 안민(安民) 선속(善俗)을 시책으로 삼고 향약을 실시하여 칭송을 샀다. 고을 사람들이 그의 너그러움과 후덕함을 기려 이불자(李佛子)란 별명으로 불렀을 정도였다. 그때 영남 안찰사(按察使)는 송곡(松谷) 이서우(李瑞雨)로 귀임길에 태학사 권유(權愈)를 만나 말하기를, "영남 70주에 옛 도리대로 백성을 돌보는 이는 의령의 이사군(李使君=숭일)뿐이라" 하였다.

그러나 갑술환국이 일어나고 셋째 현일이 의리죄인으로 몰려 남북으로 귀양길을 떠도는 신세가 되니 숭일 또한 성할 수가 없었다. 서인의 박해가 이르기 전에 스스로 벼슬을 버리고 다시 석보로 돌아왔다. 재주를 제대로 펼쳐보지도 못하고 돌아가는 길이 어찌 아쉽지 않았으리오마는 숭일은 세상일에 연연하거나 남을 원망하지 않았다.

"아직 학력(學力)이 미급한데 가볍게 세로(世路)에 나갔다."

숭일은 그렇게 자탄하며 다시 학문과 강도에 전념하다가 예순여덟에 세상을 떠났다. 그 학덕을 숭모하는 이들이 많아 뒷날 불천위(不遷位)로 모시자는 논의가 있었으나 위로 군자와 둘째 휘일, 셋째 현일이 이미 불천위로 모셔진 터라 성사되지 못하였다.

다섯째 정일(靖逸) ─ 정우재(定于齋)

이 아이는 숭일보다 네 해 뒤 병자호란으로 온 나라가 뒤숭숭하던 때에 태어났다. 이름은 정일(靖逸)이요 자는 경의(景義)이며 호는 정우재(定于齋)다. 어려서부터 지기(志氣)가 명민하였고, 자라서는 부형(父兄)을 따라 학문에 정진하였다. 경학(經學)뿐만 아니라 천문 지리 의서에 두루 밝았고 음악의 이치에도 통했다는 말을 들었다.

숙종 10년 정시(庭試)에 응시하였으며, 시정(施政)에 대한 상소가 여럿 남아 있으나 관작은 아래 두 아우들과 마찬가지로 통덕랑

(通德郞)에 그쳤다. 나이 들어서도 학문을 게을리하지 않았고 문하를 열어 가학(家學)을 인근 후생들에게 전했다. 이른바 〈칠산림(七山林)〉에 들지는 못했으되 학자라는 이름을 듣기는 족했고 행검도 뒷사람의 우러름을 받을 만했다. 문집 네 권을 남겼다.

여섯째 융일(隆逸) — 평재(平齋)

여섯째 융일의 자는 자약(子躍)이요 호는 평재 혹은 인곡(仁谷)이다. 기도(器度)가 남다르고 문장 또한 뛰어났다. 나이 일곱에 시문을 지어 사람들을 놀라게 했고 자라서도 문장으로 군자로부터 기대와 사랑을 받았다. 참판을 지낸 남곡(南谷) 권해(權諧)는 이 아이의 글을 보고 참으로 걸출한 인재라 칭송하였다.

둘째와 셋째도 이런 아우의 재주를 기이하게 여겨 가르치기를 남달리 했다. 일생 과장(科場)을 기웃거린 적이 없이 산림에 묻혀 지냈으나 학문하는 틈틈이 명농치포(明農治圃)도 게을리하지 않았다. 문집 2권이 전한다. 나라에서 통덕랑을 제수하기는 했으나 실제 벼슬길에 나선 적은 없다.

일곱째 운일(雲逸) ― 광록(廣麓)

계자(季子) 운일은 맏이 상일로부터 치면 일곱째 아들이 된다. 자는 자진(子眞)이며 호는 광록(廣麓)으로 썼다. 이 아이 역시 일찍부터 형들을 따라 학문을 닦았는데 특히 시문(詩文)이 뛰어났다. 현일이 이 아이를 사랑하여 '난제(難弟)'라 했을 만큼 좋은 글이 많았으나 불행히도 스물아홉에 일찍 죽었다. 둘째 휘일에다 두 여식과 아울러 내 가슴에 묻은 아이이다. 일곱 아들 중에서 이 아이 운일만 문집과 정자가 없는데 그 또한 그 같은 요절과 무관하지 않으리라.

나는 일찍이 성취가 있었던 학문과 재예를 스스로 버리고 부녀의 길을 선택했다. 그 부녀의 길에서 가장 큰 것은 어머니의 길이고 그 성취는 자식으로 드러난다.

나는 내 아이들이 으뜸으로 뛰어나고 내가 가장 잘 그 아이들을 길렀다고 생각하지는 않는다. 세상에는 내 아이들보다 더 훌륭한 인물도 많고 나보다 더 잘 자식을 기른 어머니도 많다. 그러나 나는 처녀적의 그 선택을 후회하지 않는다.

내가 무슨 큰 성취처럼 아이들을 얘기할 수 있는 까닭은 그 아이들이 저마다 삶을 귀하고 무겁게 여겨 삼가고 애쓰며 살았음에 있다. 나도 그 아이들에게 무엇에든 으뜸이 되는 꿈을 건 적이 있으나 꿈꾸는 것은 사람이고 이루는 것은 하늘이다. 설령 그 이름이 우뢰처럼 떨쳐 울리지도 못하고 남긴 자취가 뒷사람을 눈부시게 하지 못했더라도, 사람의 도리를 알고 아는 것을 실천하려고 애쓰며 살았다면 어미로서 무엇을 더 바라랴.

뒷날 내 고장 사람들은 행실이 반듯하고 학문이 깊은 젊은이를 보면 "물어보지 않아도 안릉씨네 자제들임을 알겠구나(不問可知安陵氏子弟)"라고 했다 한다. 안릉씨는 우리 성씨(姓氏)의 별칭으로, 이는 특히 내 아이들 이후의 얘기가 된다.

거기다가 그 아이들로부터 다시 뻗어나간 수백 수천의 무한한 가능성을 보면 옛날의 선택을 자부심으로 떠올릴 수조차 있다. 백 권의 책을 남기고 천 폭의 그림과 만 수(首)의 시를 남겼다 한들 아이들과 아이들의 아이들로 이어지는 끝없는 세상과 어찌 바꿀 수 있으리. 그런데도 이제는 아이를 낳고 기르는 일이 여성의 성취에 들지도 못한다니. 어리석고 재주 없는 여자나 마지못해 끌려 들어가는 삶의 낭비라니. 실로 알지 못할레라, 사람의 일이여. 하늘의 뜻이여.

제4부

지는 해를 바라보며

사라진 큰 어머니들에게

할머니라는 말의 뜻은 '큰 어머니'이다. 실제로 영남 지방에서는 얼마 전까지만 해도 할머니를 큰 어머니라고 불렀다. 요즘 여인들이 곰곰이 새겨볼 만한 뜻이다.

어머니보다 더 큰 존재라 함은 먼저 어머니로서의 영역이 그만큼 넓어졌음을 말한다. 바로 자기 몸에서 난 자식만이 아니라 그 자식의 자식에게까지 모성(母性)이 드리움을 뜻하며 나아가서는 이웃과 사회에까지 모성이 드리워야 함을 뜻한다. 죽을 때까지 핏줄에만 얽매인 어머니는 진정한 '큰 어머니'가 아니다.

그 다음으로 어머니보다 큰 존재라는 뜻에는 '안어른'이란 다른 이름이 숨어 있다. 연륜의 무게는 남녀를 구별하지 아니한다. 비록 여성이라 할지라도 한 시대의 장로(長老)로서 그 몸가짐과 마음씀은 아랫사람의 본보기가 되어야 하고 그 통찰과 사려는 다음 세대의 바른 길잡이가 되어야 한다.

또 어머니보다 큰 존재라는 뜻에는 삶에서의 전문가 혹은 달인(達人)이라는 일면도 들어 있다. 엉겅퀴와 가시덤불로 뒤덮인 거친 땅을 반백 년 헤쳐 나오는 동안에 쌓인 경험은 그 방면의 전문성을 주장할 만하다. 또 숱한 고난과 시련을 통해 익은 지혜는 뒷사람들에게 유용한 정보와 지식으로 활용될 수 있어야 한다.

그런데 요즘 세상에는 그런 뜻의 할머니를 찾아보기 어렵다. 이 시대의 할머니 일부는 어머니 앞에 붙는 '큰'의 뜻을 '한물간'이나 '쓸모없는'으로만 이해해 무력하게 주저앉거나 스스로 삶의 현장에서 물러서 버린다. 그리고 나머지는 어차피 지게 되어 있는 젊은 이들과의 경쟁에 헛되게 시간과 정력을 소모하고 있다.

할머니라 부름받는 것이 싫어서 손자가 태어나는 걸 겁내는 여자는 바로 그 '큰'을 '한물간'이나 '쓸모없는'으로 이해한 이들이다. 이제 남은 일은 내 한몸 즐겁고 편안하게 건사하는 것이라 여겨 자손도 이웃도 돌아보지 못하는 여자도 그렇다. 그들은 살아 있으되 그 삶은 죽기만을 기다리는 시간 때우기에 지나지 않는다.

하지만 그보다 더 한심하고 보기에 민망스런 것은 젊은이들과의 어림없는 경쟁에 안간힘을 쓰는 모습이다. 수술로 주름을 감추고 날마다 우유에 목욕을 한들 찬물에 씻는 젊은이의 살결을 어찌 당하며, 비싼 천에 솜씨 좋은 재단사를 불러 울긋불긋 차려입은들 허름한 면바지 차림의 젊음을 무슨 수로 이겨낼 것이랴. 자신에게 남겨진 정작으로 큰일은 잊고 마땅히 포기해야 할 젊음에만 안달하며 매달리는 것을 보면 다만 가련할 뿐이다.

벗어남과 껴안기

한 여인이 언제부터 할머니가 되는가는 정해져 있지 않다. 대개는 손자를 안게 되는 때가 되겠지만 스스로 할머니됨을 인식하는 시기는 사람에 따라 다를 수밖에 없다.

내가 할머니가 되었음을 기꺼이 받아들이고 스스럼없이 드러내기 시작한 것은 내 나이 마흔여덟 되던 해부터인 듯하다. 그때 군자와 나는 시어머님 상을 당해 석보에서 나라골로 돌아가 있었다. 집안의 마지막 어른이 없어진데다 나 자신 세 아들과 한 딸을 혼인시켜 손자까지 여럿 본 터라 이미 할머니란 말이 어색하지 않을 때였다. 그러나 할머니가 되었음을 실감하지는 못했는데 다시 한 계기가 왔다.

어느 날 손자 하나가 토사곽란을 일으켜 혼절한 일이 생겼다. 의원이 멀리 있는데다 당장의 일이 급해 나는 집 근처에서 쉽게 구할 수 있는 향약(鄕藥)으로 화제(和劑＝약방문)를 써주었다. 출가 전 서책을 가까이 할 때 얼마간 익힌 적이 있는 의방(醫方)을 기억 속에서 되살려본 것이었다.

다행스럽게도 아이는 내 화제대로 지은 약을 다려 먹은 지 한 식경도 안 돼 깨어났다. 그러자 놀란 상일과 휘일, 현일 형제가 나란히 석고대죄(席藁待罪)를 청해 왔다. 내 의술을 크게 보고 자식 되어 어미를 몰라본 죄를 비는 것이었다.

"소자들이 불민하여 매일 어머니의 훈육을 받으면서 이처럼 자랐으나 어머니의 학식이 어떠한지는 알고자 않았으며 더구나 이렇듯 의술까지 깊이 통하신 줄을 전혀 몰랐으니 그 죄가 적지 않습니다."

이미 말했듯이 나는 출가하기 전에 모든 학문과 기예를 스스로 봉한 바 있다. 아내와 어머니로서 필요한 것 이상으로 아는 체한 적 없고, 붓을 잡아 글이나 그림을 희롱한 적도 없었다. 오직 그 시대의 부녀에게 주어진 직분에만 전념해 삼십 년을 보냈다. 그러다 보니 아이들도 내가 할 수 있는 일에 어떤 것이 있는지 알 길이 없었을 것이다.

그날 내가 의술을 드러낸 것도 사세가 위급해서 어쩔 수 없이 그리 된 일이었다. 그러나 이미 어엿한 선비로 자란 아이들이 마당에 삭자리를 깔고 죄를 비는 것을 보자 내 마음은 달라졌다. 아직 막내 운일이 품안에 있었지만 성숙한 아들들의 그 같은 모습은 드디어 내게도 그들의 어머니만으로는 다 덮을 수 없는 새로운 시절이 열리였음을 느끼게 했다.

"그렇게 죄스러워할 것 없다. 출가 전 내게 약간의 학문과 재주가 있었으나 아녀자의 직분이 아니라 여겨 스스로 폐했다. 더구나 집안에 할아버님과 아버님 같은 큰 선비가 계시는데 내가 어찌 학문을 입에 올릴 수 있겠느냐? 그러니 너희가 모른 것은 오히려 당연하다.

다만 이 일로 너희에게 경계하고 싶은 것은 작은 학문과 재주로 자존망대하는 일이다. 영웅이 함부로 칼을 울러 매면 도적의 이름을 사게 되고 선비가 가볍게 말과 글을 흩뿌리면 그 문호(門戶)에 욕이 이르는 법이다. 너희는 삼가고 삼가 이름과 문호에 누를 끼침이 없게 하라."

나는 그렇게 아이들을 풀어주었으나 그 뒤로는 구태여 내가 듣고 배워 아는 것이나 느낀 바 정의(情意)를 드러내는 일을 주저하지 않았다. 말과 글로 드러난 내 성취를 추적해 본 이들은 잘 알고 있듯이, 내가 다시 서책을 펴고 붓과 종이를 가까이 하는 것도 그 무렵부터가 된다. 그것으로 나는 가사(家事)와 핏줄의 작은 어미 됨에서 벗어나 보다 큰 어머니의 길로 접어들기 시작한 셈이다.

그 이듬해 팔룡수첩(八龍繡帖)을 꾸민 것도 그런 내 마음의 한 끝을 보여주는 일이 될 것이다. 출가 전 이야기를 할 때 잠깐 말한 바 있듯이, 팔룡수첩은 나의 시와 군자의 글씨, 그리고 둘째 며느리의 수(繡) 솜씨가 어우러져 만들어진 진품이다. 곧 나의 「소소음(蕭蕭吟)」과 「성인음(聖人吟)」을 군자께서 푸른 깁 위에 쓰시고, 둘째 며느리가 그 글씨 아래 위로 군자와 일곱 아이들을 상징하는 여덟 마리 용을 수놓아 〈전가보첩(傳家寶帖)〉이라 제(題)한 수첩(繡帖)을 꾸민 것으로, 세상 사람들은 시와 글씨와 수가 모두 뛰어났다 하여 〈안릉가(安陵家) 삼절(三絶)〉이라 불렀다.

뒷날 셋째 현일이 의리죄인(義理罪人)으로 몰려 가운이 쇠했을 때 그 팔룡수첩이 어떤 노론(老論) 세도가의 손에 들어간 적이 있었다. 그러나 번암(樊巖) 채제공(蔡濟恭)이 이를 알고 되찾아 주었는데 그때 번암은 내 후손들에게 수첩을 넘기기 전에 먼저 정조대왕께 보여드렸다. 그걸 보신 정조대왕은 크게 기이하게 여기시어 수첩 뒤에 그 뜻을 어필(御筆)로 남기고자 하셨으나 번암이 말렸다.

"여기에 성상(聖上)의 어필까지 더해지면 그로 말미암아 마침내 그 자손이 보존할 수 없게 될까 두렵습니다."

이에 정조대왕은 비단으로 포장(褒獎)을 대신했다고 한다.

그러나 내가 새삼 팔룡수첩을 이리 길게 얘기하는 것은 그 값짐을 드러내 보이기 위함이 아니다. 그동안 돌아보지 않던 가사 밖의 성취에 다시 눈 돌리기 시작했음을 말하려 함이며 보다 큰 어머니로서의 삶을 스스로 껴안았음을 드러내 보이려 함이다.

집안의 큰 어머니로서

다시 지필(紙筆)를 가까이 하게 된 내가 나이 이순을 넘어 지은 시에 이런 게 있다.

벗을 떠나보내며 지은 네 시를 보니
성인의 말씀을 배운다는 구절이 있구나
내 마음이 기쁘고 또 네가 가상스러워
붓 들어 한 줄 써서 네게 보낸다.

見爾別友詩
中有學聖語
余心喜復嘉

一筆持贈汝

이는 손자 신급(新及)의 「별우시(別友詩)」를 보고 기꺼운 마음을 이기지 못해 지은 「증손신급(贈孫新及)」이란 시다. 또 그 무렵 내가 지은 시에 이런 게 있다.

새해에 스스로 경계하는 글을 지었다 하니
너의 뜻이 요즘 사람들과는 같지 않구나
어린 네가 이미 학문에 뜻을 두었으니
마침내 참된 선비를 이루게 되리

新歲作戒文
汝志非今人
童子已向學
可成儒者眞

이 역시 손자 성급(聖及)에게 내린 「증손신급(贈孫新及)」이란 시로 두 편 모두 내가 손자들의 성장과 성취를 얼마나 면밀하게 살피고 있었는가를 보여주고 있다. 자신이 낳은 자식조차도 가르침의 대부분은 학교와 선생들에게 미루다가 그 아이가 졸업하는 날로 어머니의 가르침도 다한 것으로 아는 요즘의 어머니들에게는 별나다 못해 극성스러워 보일지도 모르겠다. 더구나 지금은 만혼(晩婚)과 핵가족화 풍조로 손자를 곁에 두고 그 자라남을 살피기 어려운 시절이 아닌가.

하지만 중요한 것은 마음가짐이다. 시절이 그렇다면 거기에 맞는 할머니의 마음가짐이 있을 것이다. 그런데 요즘 할머니들은 자신들에게 '큰 어머니'로서의 중요한 몫이 있다는 것조차 잊고 있다. 대신 마땅히 해야 할 바를 게을리하는 데서 생긴 여가만 못 견디며 온갖 뜻 없고 어리석은 일에 몸과 마음을 탕진한다.

흔히 내 자손 중에 빼어난 선비로는 '존(存) 갈(葛) 고(顧) 밀(密)'을 친다. '존갈(存葛)'은 둘째 아이의 호 존재(存齋)와 셋째 아이의 호 갈암(葛庵)에서 앞 글자만 떼어낸 것이고 '고밀(顧密)'은 여섯째 집 손자 만(燉)의 호 고재(顧齋)와 셋째집 손자 재(栽)의 호 밀암(密庵)에서 딴 말이다. 존갈은 얘기한 적이 있으므로 여기서는 손자 고밀의 삶을 요약함으로써 그 아이들에게 끼친 내 가르침의 흔적을 더듬어보고자 한다.

세상에 고재 선생으로 알려진 손자 만은 자를 군직(君直)이라 하는데 여섯째 융일의 셋째 아들이다. 나이 열 살에 「소학」을 익히고 벌써 그 가르침을 삶에 적용하려 애썼다. 셋째 현일이 이 조카를 특히 사랑하여 주자께서 수재들을 훈계한 말 〈주자훈수재어지

(朱子訓秀才語識)〉을 손수 써주며 그 면학을 격려했다.

일찍 사서육경에 통달한 뒤에 도산 서원에 들어가 「심경」「근사록」「주자전서」「퇴계집」 등 탐독하여 학자로서 이름을 쌓았다. 그러나 관운이 없었던지 부형의 권유로 향시를 거쳐 여러 번 과거에 나갔으나 매양 뜻을 이루지 못했다. 거기다가 숙부 현일이 의리죄인으로 몰려 귀양살이 끝에 죽자 벼슬길을 단념하고 산림에 몸을 두었다. 묵동(墨洞)에 작은 집을 짓고 고재(顧齋)란 현판을 달았는데 이는 「중용」의 '말을 하고는 행동을 돌아보고 행동을 하고는 말을 돌아본다(言顧行 行顧言)'에서 취한 당호(堂號)이다.

학문이 무르익고 나이가 차자 원근(遠近)의 제자들이 모여들어 문하를 이루었다. 이 아이는 특히 예학(禮學)에 밝아 의문(儀文)이나 제도에 급급함을 물리치고 고의(古義)를 지키면서도 시의(時宜)에 맞는 새로운 예론(禮論)을 세워 칭송을 들었다. 또 관방(關防)과 군무(軍務)에도 남다른 식견을 가져 임진병자 양란 때 탄금대와 남한산성에서 패전하게 된 까닭을 명쾌히 지적하기도 했다.

뒷날 영의정이 된 녹옹(鹿翁) 조현명(趙顯命)이 경상감사로 왔다가 그 이름을 듣고 영남의 훈적지임(訓迪之任)을 맡겼다. 이에 만은 호계 서원(虎溪書院)에 나아가 규율을 정하고 흥학(興學)에 힘썼다. 그 인품과 학식을 높이 산 조현명이 조정에 천거해 영희전(永禧殿) 참봉에 제수되었으나 나아가지는 않았다. 『고재문집(顧齋文

集)』열 권이 전한다.

흔히 뒷사람들에게 밀암 선생(密庵先生)으로 불리는 재(栽)는 셋째 현일의 셋째 아들이다. 자라서는 자를 유재(幼材)로 썼으나 어릴 때는 성급(聖及)이라 하였는데, 바로 어린 나이에 「자경문(自警文)」을 지어 나를 기쁘게 했던 그 아이이다. 재는 열 살 전에 이미 「소학」과 「논어」와 「좌전」을 읽었고 그 뒤로는 주로 넷째 숭일의 가르침을 받아 「태극도설」과 「중용장구」「의례」 등을 익혔다.

셋째 현일이 갑술환국으로 귀양길에 오르자 재는 아비를 따라 함경도 종성에서 전라도 광양에 이르는 험난한 길을 시중들며 학문의 깊이를 더했다. 방귀전리로 풀려난 현일이 금양에서 죽자 재는 뒤를 이어 금양 학파를 이끌며 영남의 주리론(主理論)를 대표했다. 호를 밀암으로 썼는데 밀(密)은 현일이 「교자시(敎子詩)」에서 학문하는 태도로 강조한 말이다.

뒷날 우담(愚潭) 정시한(丁時翰)의 은거지인 법천우사(法川寓舍)로 옮겨 이기사칠지변(理氣四七之辨) 건순오상지덕(健順五常之德) 인물품수지동이(人物稟受之同異)를 강론하였고 저술에도 많은 힘을 쏟았다. 『성유록(聖喩錄)』『금수기문(錦水記文)』『주서강록간보(朱書講錄刊補)』『안증전서(顏曾全書)』『주어요략(朱語要略)』 등을 썼으며 『밀암집(密庵集)』 스물 다섯 권을 남겼다.

영조 때 장악원 주부로 불렀으나 가지 않았고, 다시 어사(御史)

로 이름이 난 박문수(朴文秀) 등의 천거가 있었으나 벼슬길에는 끝내 오르지 않았다. 제자로 대산(大山) 이상정(李象靖)과 소산(小山) 이광정(李光靖)이 있어 도산의 적전을 이어나갔다.

그 밖에 이름을 들 만한 손자로는 내가 첫 번째 시를 보낸 신급(新及)이 있는데, 신급은 여섯째 융일의 맏아들 은(穩)의 어릴 적 자다. 은은 후사 없이 죽은 백부 상일의 양자로 가 나의 사손(嗣孫)이 되는데, 자란 뒤의 자는 백임(伯任)이요 호는 벽계(碧溪)로 썼다. 역시 가학을 닦아 선비로 이름을 얻었으나 벼슬길에는 나가지 않았다. 남곡 권해(權楷)는 이 아이를 시대를 잘못 만난 인재로 아까워하였다.

호를 오촌(梧村)으로 쓴 의(璇), 홍암(弘庵)으로 쓴 심(鈊), 잠와(潛窩)로 쓴 반(槃), 유와(牖窩)로 쓴 식(植), 낙천당(樂天堂)으로 쓴 경(圭). 후계(后溪)로 쓴 영(瓏), 약천(藥泉)으로 쓴 삼(湖), 이요재(二樂齋)로 쓴 수(悸)도 내 가르침의 입김이 닿은 준총(駿聰) 같은 손자들이다. 모두 뛰어난 학문과 행검(行檢)으로 작게는 그 이름을 얻고 크게는 우리 문중에 빛을 더했다.

뒷사람들은 군자로부터 시작하는 조손(祖孫) 삼대에서 군자인 석계 이시명과 맏이 정묵재 상일, 둘째 존재 휘일, 셋째 갈암 현일, 넷째 항재 숭일, 그리고 손자 고제 만과 밀암 재 등을 아울러 특히 〈칠산림(七山林)〉이라 불렀다.

향당(鄕黨)의 안어론 ― 모성(母性)의 확대

내가 스스로 할머니 됨을 껴안은 뒤부터 죽어 눈감을 때까지 하루도 빼지 않고 한 일 중에는 아침마다 비복을 풀어 내 사는 마을을 둘러보게 한 것이 있다. 이는 굴뚝에서 연기 나지 않는 집이 없나를 살피기 위함이었다. 굴뚝에 연기가 나지 않는다 함은 끼니를 거른다는 뜻이기 때문이다.

하지만 설령 그런 집이 있더라도 무턱댄 동정으로 곡식부터 디밀지는 않았다. 먼저 그 집에서 일할 만한 사람을 불러 무언가 일을 시키고 그 품삯으로 곡식을 보내주었다. 마땅한 일거리가 없으면 별로 긴하지 않는 편지 심부름이라도 만들었는데 그 까닭은 도움받는 이에게 부끄러움을 주지 않기 위해서였다.

또 나는 가을마다 사람을 사서 도토리를 줍게 하였다. 있는 이건 없는 이건 가을이면 얼마간은 수확이 있기 마련이라 당장은 배고프지 않기 때문에 아무도 춘궁기를 걱정하지 않는다. 또 농사일이 끝나면 일할 곳이 없어 품삯은 헐하기 마련이다.

춘궁기에 기민(飢民)을 먹이다가 가진 곡식이 다하면 도토리를 삶아 내는 것은 시아버님 운악공 이래로 우리 집에서 해 오던 일이다. 그러나 시아버님도 나처럼 가을부터 사람을 풀어 도토리를 모으지는 않았다. 때를 당하여 정히 급하면 동네에 모아둔 것을 헐값에 구해 쓰셨을 뿐이었다.

한 며느리로서 시아버님의 명을 시행할 적에는 나도 미리 모아 두는 데까지는 생각이 미치지 못했다. 그러다가 스스로 할머니 되고 향당(鄕黨)의 안어른이 되었다는 자각이 든 뒤에야 비로소 그 방도를 생각해 냈다. 이제는 내가 '큰 어머니' 되어 내 자손들뿐만 아니라 이웃의 모든 굶는 이들을 먹여야 한다는 생각에서였다.

의원을 찾아가기 어려울 만큼 가난한 이들에게는 내가 지어준 향약방(鄕藥方)도 얼마간은 도움이 되었을 것이다. 나는 병이 나서 찾아오는 이가 있으면 더러는 내 힘에 겨운 적이 있어도 애써 화제를 지어주었다. 그 역시 향당의 어른이 마땅히 해야 할 일이라고 믿었기 때문이었다.

부모 없는 어린 것이나 자식 없는 늙은이와 의지할 데 없는 과부, 떠도는 홀애비를 돌보는 일도 이전과는 의미가 달라졌다. 전에는 그들을 손님으로 보아 정성을 다한 것이지만 이제는 마땅히 돌보아야 할 자식으로 그들을 보았다. 예(禮)가 아니라 모성(母性)으로 그들을 대하고자 했다.

향당의 어른 노릇에 어찌 저들의 몸을 보살피고 기르는 일뿐이겠는가. 자랑 같아 일일이 다 들기 어렵지만 그 밖에도 마을의 남녀노소가 내게 의지한 바는 많았다. 특히 내가 한평생 겪은 일과 보고 듣고 배운 것들은 저들에게 소중한 지식으로 쓰이기도 했을 것이다.

살이가 복잡해지고 여러 가지 필요가 늘어나면 그만큼 도움이 필요한 그늘진 곳도 늘어나기 마련이다. 따라서 이 시대의 어른들은 나의 시대보다 훨씬 보살피고 거두어야 할 아랫사람이 많다. 그런데 남은 삶의 외로움과 무료함만 한탄하는 이 시대의 할머니들을 보면 나는 묘한 엇바뀜을 느낀다. 베풀어야 할 사람들이 스스로 베품을 받아야 할 자리로 물러나 앉은 격이다.

따지기 좋아하는 사람들은 나의 말을 팔자 좋은 노마님의 물정 모르는 소리로 몰아댈지 모르겠다. 당신이야 배운 것 많고 넉넉한 가문에 잘난 아들들 두어 물심양면으로 여력이 있었으니 베풀 수 있었겠지만 그럴 처지가 못 되는 이들은 어떡하느냐고 빈정거릴 수도 있다.

틀림없이 나는 일생 베풀기에 유리한 처지에 있었다. 하지만 따지고 드는 이들이 추측하는 만큼 넉넉하지는 않았다. 거기다가 나는 또 그런 이들에게 말해 주고 싶은 게 있다. 사람이 핑계를 찾기 시작하면 일생 단 한 번도 남에게 베풀 여유는 생겨나지 않을 것이라고. 그리고 사람이 늙어 한 시대의 어른이 되었는데도 아랫사람에게 베풀 아무것도 없다면 그 사람은 잘못 살아도 크게 잘못 산 사람이라고.

희우희(稀又稀) — 봉우리의 휴식

　세상은 비정하고 삶은 고통스런 것일지라도 삼가고 또 힘쓰며 살아가다 보면 누구에게든 좋은 한 철이 있기 마련이다. 요새 사람들은 흔히 그것을 인생의 절정이나 황금기로 일컫지만 나는 봉우리의 휴식이라 이름하고 싶다. 산은 오르고 내리기가 다같이 수고로우나 그 봉우리에는 반드시 휴식이 있다.

　내게도 일생 여러 번 봉우리의 휴식이 있었다. 그러나 그중에서도 내가 가장 자족하며 쉬었던 것은 일흔을 넘겨 이른 봉우리에서였을 것이다. 그 마음을 잘 드러내 보이는 것이 「희우희(稀又稀)」란 시다.

　　　옛부터 일흔까지 사는 일은 드물다 했는데
　　　일흔에 셋을 더했으니 드문 중에 드물구나
　　　드물고 드문 중에 아들까지 많으니
　　　드물고 드문 중에 또 드물고 드물어라

　　　人生七十古來稀
　　　七十加三稀又稀
　　　稀又稀中多男子

稀又稀中稀又稀

　이 시는 일흔셋에 지은 것을 드물다[稀]를 아홉 번이나 반복하여 희시(戲詩) 같은 데가 있으되 나의 그득함과 흐뭇함을 드러내는 데는 모자람이 없다. 돌이켜보아도 그때가 실로 내 삶에서 가장 환하고 넉넉하던 시절이 아니었던가 싶다.

　그때 군자께서는 아직 수산(首山) 아래 머물러 계셨으나 오랜 피세은둔(避世隱遯)을 끝내시고 문하를 열어 세상과 다시 내왕을 시작하셨고 아이들도 저마다 그 성취를 드러내고 있었다. 곧 큰아이 정묵재 상일은 서른둘에 단산 서원 원장을 거쳐 사림에서 높임을 받고 있었으며, 둘째 아이 존재 휘일은 도산 서원 원장으로 있으면서 『홍범연의』를 쓰는 중이었다. 셋째인 갈암 현일도 벌써 두 권의 저술을 내고 학자로서 영남 유림에 두각을 나타내기 시작했고, 넷째인 항재 숭일도 손위 형들과 난형난제란 소리를 들을 만큼 학문과 행검으로 이름을 얻고 있었다. 늦게 태어나 아직 형들만 한 성취에 이르지는 못했으나 다섯째 여섯째도 한 선비로는 모자람이 없었고 막내는 어린 나이에 벌써 시문(詩文)으로 기이한 재능을 드러냈다.

　어린 손자들도 벌써 그 지학(志學)에 만만찮음을 드러냈다. 내가 시를 써서 격려한 신급과 성급이 그러했고 만이 그러했다. 특히 성급과 만은 뒷날 세상 사람들로부터 밀암 선생, 고재 선생으로 우러름을 받을 만큼 성취가 컸다는 것은 이미 말한 바 있다. 거기다가 여든에 가까우신 군자와 일흔을 넘은 내가 모두 병 없이 늙어가니 어찌 그런 일이 흔한 것이겠는가.

규곤시의방

그러하되 내 봉우리의 휴식도 그리 오래지는 못했다. 이듬해 막내 운일이 나이 서른을 못 채운 채 요절하고, 다시 둘째 휘일이 학자로서는 한창 원숙한 나이인 쉰넷에 소갈병으로 죽자 내 삶은 일시에 삭막한 겨울로 접어든 느낌이 들었다.

하지만 슬퍼함에도 절도가 있는 법이다. 한 해에 잇따라 두 자식을 가슴에 묻은 어미의 심사가 어떠하랴만 나는 눈물조차 드러내 놓고 흘릴 수 없었다. 나날이 쇠해 가시는 군자를 위로하는 일도 급하려니와 무엇보다도 그 일로 가문의 기상이 꺾이는 걸 막기 위해서였다.

"내 슬프고 원통함이 절박하지 않은 것은 선부모(先父母)님께 받은 이 몸을 다쳐서는 안 된다는 생각 때문이다."

나는 그렇게 말하며 죽은 아이들보다는 군자와 산 아이들을 위해 스스로를 다그쳤다. 그리고 헛된 시름에 잠겨 세월을 축내기보다는 내가 할 수 있는 일을 찾아보았다. 『규곤시의방(閨麕是議方)』은 그때에 쓰여진 책이다.

열아홉에 시집온 뒤 오십여 년 나는 많을 때는 한 끼에 이백이나 되는 식객(食客)을 치르면서 방간을 돌보았다. 친정에서 익혀온 약간의 솜씨와 시어머님 진성 이씨의 자상한 가르침이 있었으나 반가(班家)의 음식 범절이란 게 워낙 까다롭고 미묘한 것이라 방간에 들어서면 낭패스러울 때가 많았다. 하지만 그렇게 어려움을 겪으며 오랜 세월 먹을거리를 다루다 보니 듣고 배운 것말고도 나름의 터득이 생겼다.

나는 그런 내 견문과 터득을 글로 남겨 며느리와 딸들의 낭패를 덜어주고 싶었다. 비록 하찮은 것이라도 사는 데 유용한 경험은 뒷사람에게 전해 주는 게 앞서 산 사람의 도리이다. 더구나 먹는 것은 사람에게 중요한 일이니 그걸 다루는 일을 어찌 하찮다 하리.

뜻은 그러해도 일흔을 훨씬 넘긴 나이에 책을 쓰는 게 쉽지는 않았다. 기력은 떨어지고 눈도 어두워진데다 읽을 이가 규중 사람들이라 국문으로 길게 풀어써야 하는 어려움이 있었다. 어떤 조리법은 기억 자체가 희미해져 되살리기조차 쉽지 않았다.

그렇지만 나는 아는 것을 뒷사람에게 물려주지 않고 떠나는 것도 죄라 여겨 늙은 몸을 단속하고 써나가기 시작했다. 제목은 〈음식지미방(飲食之味方)〉이라 하고 내용을 면병류(麵餠類) 조과류(造果類) 어육류(魚肉類) 채소류(菜蔬類) 주류(酒類) 식초법(食酢法) 여섯으로 크게 나누었다. 그중에서 면병류와 조과류는 전후(前後) 양편으로 되어 있는데 이는 기억의 부실함을 보충하는 과정에서 생긴 중복이다.

나는 내 견문과 터득 중에서 흔하게 알려지지 않는 것을 중심으로 백마흔여섯 가지의 조리법을 적었는데 그중에서 술이 쉰세 가지로 가장 많은 것은 그 담그는 법이 가장 까다롭고 세밀함을 요구하기 때문이다. 또 맛질방문은 인근의 조리법뿐만 아니라 먼 문중의 비방까지 찾아 적어둔 것이라 그 쓰임이 각별할 것이다.

여러 달 걸려 쓰기를 마친 뒤 나는 책 앞장에다 자손들을 행한 당부를 얹었다.

〈이 책을 이리 눈 어두운 데 간신히 썼으니 이 뜻을 잘 알아 이대로 시행하라. 딸자식들은 이 책을 베껴 가되 가져 갈 생각을 말며 부디 상치 말게 간수하여 쉬 떨어버리지(떨어지게 만들지) 말라.〉

그리고 군자께 그 쓴 뜻과 함께 책을 올렸더니 군자께서는 한동안을 말없이 살피시다가 고개를 끄덕이시며 붓을 들어 〈규곤시의방(閨壼是議方)〉이라 다시 제하여 주시었다. 또 표지 안쪽에 중당(中唐) 때의 시인 왕건(王建)의 시 한 편을 얹어주시었다.

시집간 지 사흘 만에 부엌에 내려가

손을 씻고 죽과 국을 끓이네

시어머니 식성을 알 수 없으니

시누이로 하여금 먼저 맛보게 하리

三日入廚房

洗手作羹湯

未諳姑食性

先遣小婦嘗

　여기서 원래의 시에는 소고상(小姑嘗)이라 되어 있는 것을 군자
께서 소부상(小婦嘗)으로 바꾸셨는데 그 뜻을 물어보지 않아 알
길이 없다.

　그러나 그토록 힘들여 쓴 이 책은 딸들이 게을러서인지 베껴
가지 않아 문중에서만 돌다가 근년에 이르러서야 세상에 알려지
게 되었다. 겨우 삼십 년 전에야 한 대학 교수에 의해 학계에 알려
지게 되었고, 다시 이십 년이 지나서야 한 요리 연구가에 의해 현
대어로 출판되었다.『조선의 요리』란 책 속에 들어가 일본어로 번
역된 것도 역시 그 언저리의 일이다.

　『규곤시의방』에 대해서는 직접 요리를 담당하는 부녀자가 자

신의 경험과 실증을 바탕삼아 쓴 요리 책으로는 아시아에서 가장 오래된 것으로 세계 요리 문화사에서 특별한 이의를 갖는다는 과분한 평도 있다. 그러나 가장 정감 있게 이 책에 대한 이해와 애정을 표시하고 있는 글은 아마도 그 책을 현대어로 펴낸 황혜성의 해제(解題)와 해설일 것이다. 장황할지 모르나 일부만 인용해 오늘날의 요리 전문가가 그 책을 대하는 심경을 살펴보자.

〈……이 책은 석보면 원리동에 있는 서고의 정리 중에 나온 것으로서 전 경북대 김사엽 교수가 발견하여 ≪경북대 논문집≫에 자료로 실린 것을 보았다. 그 원본이 아직 종손에게 돌아오지 않음을 알고(근년에 되돌아왔음 — 필자 주) 경북대 도서관과 석보면 원리동을 수차 찾아다녔으나 허사였다. …… (중략) ……

나는 그 책을 찾고자 1965년 다시 경상도로 내려갔는데 세상에 인연이 깊다는 말은 이 경우에 꼭 알맞을 성싶다. 여름방학에 혼자서 배낭을 메고 안동에서 석보로 가는 버스를 타고 낯모르는 곳을 찾아가는 불안함을 금치 못하였다. 이때에 깔끔한 청년이 타기에 원리동 재령 이씨 댁을 물으니 깜짝 놀라며 바로 자기가 종손이란다. 그때 대학생으로 편모(片母)를 모시고 있으며 내일 음력 칠월 육일은 정부인 장씨의 285주기 기제사로 제수(祭需)를 사 가지고 돌아가는 길이라는 것이었다. 문중에서 불천지위(不遷之位)로 모시고 있는 것은 그 부인의 공덕이 얼마나 큰지를 짐작하게 한다.

그날은 제사 음식 만드는 것을 도와드리고 제사 때는 뜻밖인 내가 넙죽이 절을 하면서 많이 귀엽게 보아주시고 내가 공부하는 뜻을 꼭 이루게 해 달라고 빌어 마지않았다. 제사 차리는 초닷새는 내 생일이니 할머님 덕분에 잘 지내게 되어 잊지 못할 생일이 되었다……〉

또 나의 「상화법(霜花法)」에는 이런 해설을 곁들이고 있다.

〈중국의 포자(包子) 같기도 하고 빵 같기도 하다. 『악장가사』에 적힌 쌍화법과 이퇴계의 「서어부가(書漁夫歌)」 이후의 상화점(霜花店)과 같은 말이라고 하며 『훈몽자회』에는 만(饅)을 상화 만, 두(頭)를 상화 두라 하였다. 세상에서는 만두라고 하였으나 지금의 만두와는 다르다. 부풀게 하는 점은 증병(蒸餠)과도 비슷하지만 밀가루를 밑술로 하여 부풀게 하는 점이 매우 다르다. 전문가도 상화(霜花)가 무엇인지 그 제법이 궁금하였던 차에 귀중한 자료가 될 것 같다.〉

「수증계(水蒸鷄) 맛질방문」에는 이런 말을 덧붙여 놓고 있다.

〈닭을 기름에 지져 끓이는 법도 이상적이고, 토란 순무 동아 오이 파 부추 등 각색 채소를 곁들이고 국물을 깔죽하게 밀가루 즙을 쓰는 법이 중국 음식을 많이 닮았다고 본다.〉

이별의 의식

『규곤시의방』을 쓴 이듬해 우리 일가는 안동부(安東府) 대명동으로 옮기게 된다. 앞서 말한 바 있듯이 군자께서 대명(大明)이란 이름을 취하여 수비에서 옮기신 것이나 한편으로는 웅부(雄府)에서 인재를 얻는다는 뜻도 있으셨다. 내 나이 일흔여섯 때의 일이다.

군자께서 대명동에 자리 잡으시자 그 행의(行義)를 추앙하는 안동의 선비들이 다투어 모여들었고 그 강도(講道)의 터는 뒷날 단고 서당(丹皐書堂)의 기틀이 되었다. 그러나 그때 이미 군자의 춘추 여든넷, 다시 끌어안은 세상과의 인연이 길 수가 없었다. 군자께서는 그 해를 넘기지 못하고 사세(辭世)하시니 어렵게 되살린 육영(育英)의 염원도 그로써 끝나고 만다.

언젠가 한번은 떠나게 되어 있는 길이지만 보내는 사람에게 죽음은 언제나 갑작스럽고 한스럽다. 더구나 육십 년을 귀한 손님처럼 받들던 이가, 그리고 육십 년을 귀한 손님처럼 날 맞아주시던 이가 그렇듯 홀홀이 떠나시니 천붕(天崩)이란 말이 결코 지나치지 않았다. 이제 그 어떤 이가 있어 군자처럼 날 괴시고 세상의 찬 바람에서 이 한 몸을 가려주실까. 해와 달이 일시에 빛을 잃은 듯하고 천지가 적막하기 그지없었다.

그러나 군자께서 떠나신 길은 나도 이윽고는 떠나야 할 길이다. 지금은 보내고 있지만 머잖아 내가 떠나야 한다. 예는 삶에 그치지 않고 죽음에도 미친다. 보내는 사람의 예도 중요하지만 떠나는 사람의 예도 그에 못지않다.

　나는 애써 군자를 먼저 보낸 애통함을 추스름과 아울러 스스로 떠날 채비를 갖추었다. 나는 그 일을 먼저 삶에 대한 집착을 끊는 것으로 시작했다. 억지로 끌려가는 것은 끌려가는 이도 괴롭지만 보내면서 그 모습을 지켜봐야 하는 이에게는 더 큰 괴로움이 된다. 나는 서둘러 죽음으로 다가감과 마찬가지로 남겨지는 이들에게 그 괴로움을 끼치는 것은 예가 아니라 여겼다.

　불씨(佛氏)나 노장(老莊)의 부류가 아니라도 삶이 무턱대고 집착할 그 무엇이 아님은 이치로 미루어 넉넉히 알 수 있다. 나는 일찍이 삶의 중요한 내용을 사람과 사람이 맺는 관계에서 찾았다. 사람과의 관계가 끝나면 삶도 끝이 난다. 그런데 세월은 사람의 목숨보다 먼저 사람과의 관계를 줄여 나간다.

　나를 사랑하던 앞 세대는 이미 오래전에 세상을 버렸고 나와 같은 시대를 살던 사람들도 거의가 죽었다. 내가 낳은 자식 중에도 나를 앞질러 간 아이가 둘이나 되고 군자마저 떠나셨다. 언젠가는 내가 알던 모두가 이 세상을 떠날 것이다. 그리하여 나와는 온전히 무관한 사람들만 남아 있는 세상을 혼자 살아가야 한다면 그 삶은 얼마나 끔찍한 형벌일까.

삶을 자기 자신에게서 시작해 자기 자신에서 끝나는 것으로만 파악하는 사람들은 삶에 대한 애착에서가 아니라 죽음 뒤의 허무가 싫어 죽음을 두려워한다. 그 점에서는 내 젊은 날의 선택이 도움이 되었다. 나는 일찍이 핏줄을 통한 삶의 연속성과 자아의 확대를 나의 미신으로 골랐다. 우리는 잎처럼 피고 지지만 뿌리와 씨앗에 담긴 생명력은 다함이 없음을 믿었다.

하지만 내가 살아 있는 것을 기꺼워하고 군자께서 곁에 계시지 않음을 애통해한 일이 꼭 한 번 있었다. 군자께서 돌아가신 지 세 해 뒤 셋째 현일이 늦어서야 진연(進宴)에 오르게 되자 나라에서 곡식과 비단을 내렸다. 사람들은 모두 광영(光榮)이라 했으나 나는 먼저 가신 군자를 떠올리며 목메어 했다.

"네 아버님께 이 기쁨이 미치지 못한 게 한스럽구나."

다행히도 그 뒤로는 죽음을 기다리는 내 마음가짐에 한 번도 흐트러짐이 없었다. 이듬해 넷째 숭일이 자리 잡은 석보로 돌아간 나는 그곳의 옛 집에서 지는 해를 바라보는 심경으로 남은 삶을 마감했다. 하루만 생각하는 사람에게는 해가 지는 것이 세상의 끝이다. 그러나 긴 세월을 자기 것으로 품은 사람에게는 내일의 시작이다. 태음(太陰)은 소양(少陽)으로 이어진다.

하늘이 나를 부른 것은 그로부터 삼 년 뒤 내 나이 여든세 살

때였다. 그 시절 큰 선비의 죽음에는 고종록(考終錄)이 따랐다. 후손으로 하여금 몇 날 몇 달이고 지켜 앉아 발병(發病)에서부터 죽음에 이르는 과정을 세밀히 적게 하는 것이다. 그것이 후손들에게 의연한 죽음을 가르치기 위한 것이든, 자칫 정신을 놓기 쉬운 삶의 마지막 순간을 단속하기 위한 것이든, 죽어가는 이에게는 유용하기 짝이 없는 고안으로 보인다.

부녀인 내게는 고종록이 따르지 않았으나 나는 숨이 다하는 순간까지도 나를 지켜보는 자손들의 눈길을 잊지 않았다. 그것이 내가 이 세상에서 마지막으로 애써 지킨 예였다. 그 뒤로도 내 죽음에 따른 긴 이별의 의식이 있었겠지만 그것은 이미 나의 몫이 아니었다.

작가의 말

아직 펴내지도 않은 책을 두고 그 내용보다는 오도된 반응에 먼저 마음을 써야 하는 야릇한 경우를 이번에 겪었다. 연재라는 발표 양식과 선동적인 매스컴의 속성 덕분일 줄 안다.

원래 이 작품을 구상한 의도는 우리의 삶에 한 본보기가 될 만한 여인상을 역사 속에서 발굴해 내는 데 있었다. 그런데 연재 첫 회부터 반(反)페미니즘 작품으로 낙인찍혀 그 방면의 논객들로부터 집중적인 포화를 받았다. 특히 지금은 페미니즘 문학의 선봉처럼 오해되고 있으나 실은 한 일탈이나 왜곡에 지나지 않는 이들과 내가 나란히 논의되는 것은 거의 욕스러울 지경이었다.

이 작품의 각 부(部) 앞머리에는 틀림없이 페미니즘에 대한 비판으로 읽을 만한 구절들이 들어 있다. 그러나 선입견 없이 읽어보면 거기서 비판되고 있는 것은 저속하게 이해되고 천박하게 추구되는 페미니즘임을 알게 될 것이다. 편의주의나 개인적인 약점의 책임 전가에 내걸고 있는 그 깃발을 나는 비판했을 뿐이다.

내가 보기에 진지하고 성실하게 추구되고 있는 페미니즘에 저항할 논리는 이 세상에 없다. 오랫동안 이 세상이 남성을 위주로 편성되어 있었다는 것만으로도 반페미니즘의 논리는 시대착오적인 구호로 몰려 마땅하다. 페미니즘을 비판할 수 있는 것은 다만 그것이 지나쳤을 때뿐이다. 한쪽으로 기운 배를 바로 세우는 길은 균형을 회복하는 일이지 모든 짐을 다른 쪽으로 옮기는 데 있지 않다.

그런데도 이 작품을 첫회 발표 때부터 반페미니즘적인 것으로 몰아간 것은 시비 붙이기를 좋아하는 대중 매체의 선동과 뭔가 요란스런 일에 편승하기 좋아하는 얼치기 논객들의 합작이다. 하지만 정작 작가로서 내가 고민해야 할 일은 그런 과장되고 쓸데없이 격앙된 논의로부터 나를 방어하는 것이 아니었다. 세련된 현대 소설의 표현 양식에 익숙해 있는 독자들에게 불리하기 짝이 없는 방식으로 얘기해야 하는 점과 요즘 사람들의 근거 없는 반의고적(反擬古的) 경향에 전혀 어울리지 않는 주제를 다루어야 한다는 점이었다.

불리하기 짝이 없는 얘기 방식이란 사건의 전개를 축으로 얘기가 진행되는 것이 아니라 주변 인물과 배경과 분위기를 통해 사건의 전개를 추상케 하는 우리의 전통적인 얘기 방식을 말한다. 사건 서술은 한줌도 되지 않고 현대 소설론의 관점에서 보면 부차적 요소만 장황한 그런 얘기 방식을 어떻게 받아들일지 근심스럽지 않을 수 없었다.

요즘 사람들의 반의고적 경향, 특히 양반 문화에 대한 적의에 대해 그 근거 없고 비뚤어짐을 따지자면 따로이 책 한 권이 필요할 정도다. 그것은 이 나라 거의 대부분의 사람들에게 자신의 뿌리를 부인하는 일이 되고 나아가서는 자기 정체성의 부인이 된다. 그렇지만 불행히도 그것이 이 시대의 엄연한 추세이다. 그런데 그 정면을 돌파해야 할 주제를 다루는 게 어찌 작가에게 주저스럽지 않겠는가.

거기다가 이 작품의 모델이 되는 실존 인물 정부인(貞夫人) 장씨(張氏)가 내게 직계 조상이 된다는 것도 적지 않은 부담이었다. 자칫하면 타성(他姓)들에게는 집안 자랑, 양반 자랑으로 오해받고 문중 사람들에게는 불경(不敬)의 죄를 입을 것이기 때문이다.

하지만 책을 펴내는 지금 가장 두렵고 걱정되는 일은 또 졸속과 불성실로 원고를 마감한 일이다. 갈수록 큰 것과 작은 것, 급한 일과 그렇지 않은 일을 구별하지 못해 공연히 몸만 바쁘고 이룸

은 적으니 절로 한탄이 난다. 다만 종아리를 걷고 꾸짖음과 가르
침의 매를 기다릴 뿐이다.

1997년 3월

이문열

선택

신판 1쇄 인쇄 2021년 12월 10일
신판 1쇄 발행 2021년 12월 20일

지은이 이문열

발행인 양원석
편집장 최두은 **디자인** 김유진 **영업마케팅** 양정길, 김지현, 김보미
펴낸 곳 ㈜알에이치코리아
주소 서울시 금천구 가산디지털2로 53, 20층 (가산동, 한라시그마밸리)
편집문의 02-6443-8844 **도서문의** 02-6443-8800
홈페이지 http://rhk.co.kr
등록 2004년 1월 15일 제2-3726호

ISBN 978-89-255-7921-4 03810